KB115282

마체의 신화

마께의 신화 1

박선우 현대 판타지 소설

초판 1쇄 찍은 날 § 2019년 10월 28일
초판 1쇄 펴낸 날 § 2019년 11월 4일

지은이 § 박선우
펴낸이 § 서경석

총괄팀장 § 노종아
편집책임 § 김대용
디자인 § 소소연

펴낸곳 § 도서출판 청어람
등록번호 § 제387-1999-000006호
등록일자 § 1999. 5. 31
어람번호 § 제1-3051호

주소 § 경기도 부천시 부일로 483번길 40 서경B/D 3F (우) 14640
전화 § 032-656-4452 팩스 § 032-656-4453
http://www.chungeoram.com
E-mail § chungeorambook@daum.net

ISBN 979-11-04-92065-3 04810
ISBN 979-11-04-92064-6 (세트)

도서출판 청람

마세의 신화

박선우 현대 판타지 소설

ODERN FANTASTIC STORY

Contents

제1장

환생

　나는 '마제 혁련도'다.

　마도의 성지 천왕성의 대공자로 태어나 세 살 때 무공에 입문했고 '지학'에 출도했으며, 스무 살 약관이 되었을 때 천하제일을 바라보았다.

　스물셋에 마도십구패를 이끌고 전장에 나서, 당시 천하제일세를 다투던 정의맹과 사도련을 박살 낸 후 스물여덟 젊은 나이에 천하의 주인이 되었다.

　천하인들은 권좌에 오른 나에게 '마제'라는 칭호를 붙이며 오체투지로 절대복종을 맹세했으니 천하가 나였고, 내가 바로 천하였다.

하지만, 영원불멸할 것 같았던 나의 영광은 천하의 주인이 되었던 바로 그해 허무하게 끝나고 말았다.

도화가 아름답게 흩날리던 어느 날.

잔잔한 호수가 보이는 정자에서 마지막 떨어지는 도화를 바라보며 고즈넉한 심취에 젖어 있을 때, 문득 무극심법이 지천의 경지에 도달하며 정신이 육체를 이탈해 버렸던 것이다.

내 나이 스물여덟에 벌어진 일이었다.

                    *   *   *

지천의 경지에 도달해서 정신이 육체를 이탈했으니 당연히 선계에 간다는 생각으로 눈을 감았다.
영원의 영면은 모든 무공 수련의 마지막 단계이자 꿈의 경지.
이승에 더없이 큰 영광을 남겼어도 아쉬워할 이유가 없었다.

기다렸다.

눈을 감고 있으면 선계로 인도한다는 도선이 다가와 자신을 데려갈 것이라 생각했다.

하지만, 눈을 감자 도선은 오지 않고 이상한 장면들이 정신없이 뇌리를 스쳐 가기 시작했다.

뭐지, 이 장면은?

사내아이가 벌거벗은 채 바둥거리더니 아장아장 걷기 시작했다.

그런 후 소년이 되었다가 어른으로 변해갔고, 마지막에 이상한 물체들이 가득 찬 관도를 걷다가 하늘로 붕 뜨는 것이 보였다.

그게 마지막 장면이었다.

간단하게 설명했으나 수많은 영상들이 빠르게 뇌리를 스쳐 지나갔는데, 한 남자의 인생을 보여주는 것 같았다.

그리고 찾아온 칠흑 같은 어둠.

그 어둠은 순식간에 정신을 잠식해 더 이상 아무것도 볼 수 없게 만들었다.

머리를 괴롭히는 두통.

천천히 어둠이 걷히며 끔찍한 두통이 찾아왔다.

"으……."

자신도 모르게 비명을 질렀다.

그런 후 천천히 의식이 돌아왔다.

천근 같은 눈.

눈을 뜨는 것이 이렇게 힘들다니 이해가 되지 않았다.

겨우 힘들게 눈을 뜨자 온통 하얀 세상이 보이기 시작했다.

하얀 벽, 하얀 천, 시리도록 하얀 햇살.

"간호사, 간호사. 이 친구 정신 차렸나 봐!"

고개를 돌리자 40대 중반으로 보이는 남자가 소리를 고래고래 질렀다.

삐쩍 마른 몸, 누런 이, 흩어진 머리.

마치 환자처럼 보이는 남자였다.

먼저 상황을 살피느라 아무 말도 하지 않았다.

고개만 돌려 주변을 살피자 이상하게 생긴 침대에서 5명이 앉아 자신을 멀뚱거리며 놀란 눈으로 쳐다보고 있었다.

전부 온전치 않은 얼굴.

직감으로 알 수 있었다. 이곳은 환자들을 치료하는 곳이 분명했다.

"이게 몇 개죠?"

"손가락 치워."

"대답해 줘야 해요. 이게 몇 개예요?"

"음… 3개."

"이건요."

이 여자가 장난하나?

어이가 없지만 또다시 대답을 해줬다.

그러자, 조금 있다가 하얀 가운을 입은 자가 나타나 별짓을 다하기 시작했다.

눈을 까집었고 이상한 것으로 가슴을 만졌다가 귀와 목 뒤를 살폈다.

그런 후 다행스럽다는 얼굴로 웃으며 여자에게 뭔가 지시하더니 급히 병실을 빠져나갔다.

더 그를 당황스럽게 만든 건 의사라고 부르던 인간이 나간 후 들어온 늙수레한 여인이었다.

"아이고, 정유야. 살아났구나, 살아났어. 흐윽……. 고맙다, 우리 아들. 난 믿었어. 네가 꼭 다시 살아날 거라는 걸. 정유야!"

끌어안는다. 그러고는 하염없이 운다.

환몽에서 본 여인이다. 바로 그놈의 기억 속에서.

그놈이 어렸을 때부터 지극정성으로 돌봐주었던 어머니. 여인의 정체다.

그런데 내가 아들이라고?

도대체 무슨 소릴 하고 있는지 알 수 없었으나 그저 조용히 여인의 눈물을 받아들였다.

하지만, 그것은 시작에 불과했다.

자신을 아버지라 칭한 늙은 남자와 여동생, 그리고 친구라는 놈까지.

전부 환몽에서 봤던 얼굴들이 하나씩 나타나고 있었다.

잠깐 사이에 벌어진 일이었기에 아직도 그는 자신에게 어떤 일이 벌어졌는지 정확하게 상황 파악을 하지 못했다.

눈을 감았다.

아직 머리엔 두통이 가득했기에 잠을 자고 싶었고 이 미친 상황에 대한 상황 파악이 필요했다.

슬쩍 눈을 떠보자 자신을 괴롭혔던 사람들이 보이지 않았다.

오직 처음 나타났던 여자만이 자신을 하염없이 바라보고 있었는데 그 눈빛에 애잔함이 가득 담겨 있었다.

자식에 대한 사랑.

어머니가 돌아가실 때 저런 시선으로 자신을 봤었다.

천고의 기환, 마상절맥을 지닌 어머니는 온몸으로 자신을 사랑하시다가 불과 일곱 살인 아들을 남겨두고 세상을 떠났다.

그 어머니가 그리워 얼마나 울었던가.

"저기……."

"응, 정유야, 깼어? 물 줄까?"

"저것 좀 주십시오."

맞은편 탁자에 놓여 있는 거울을 가리켰다.

사람들이 나타나 괴롭힐 때부터 눈여겨보던 것이었는데, 먼저 자신의 모습을 확인할 필요성이 있었다.

모든 사람이 자신을 한정유라 말했다.

그렇다면 자신은 죽었다가 누군가의 몸으로 환생했을 가능성이 컸다.

무림에서도 종종 그런 일이 발생했다는 기사를 들은 적이 있으니 전혀 불가능한 일은 아니다.

더군다나 자신은 지천에 도달되어 정신이 육체를 이탈했기 때문에 천상계에 이상이 생겼다면 충분히 가능한 일이었다.

여인이 가져온 거울을 본 순간 저절로 몸이 경직되었다.

사람의 몰골이 아니었다.

해골처럼 변해 버린 얼굴, 앙상한 팔과 다리.

천하 여인들의 동경과 사랑을 한 몸에 받던 내가 이런 괴상한 얼굴로 환생했다니 도저히 믿겨지지 않았다.

다시 눈을 감았다.

몸이 움직이지 않는다. 더불어 아직도 머리에서는 끔찍한 고통이 올라왔다.

환생된 몸은 커다란 사고를 당한 것 같았다.

눈을 감고 입을 닫아버리자 여인이 일어나 조용하게 병실을 빠져나가는 게 들렸다.

그러더니 교환하듯 친구라고 했던 놈이 들어왔다.

"자냐?"

"안 잔다."

"그런데 왜 눈을 감고 있어. 피곤해?"

"네 이름이 뭐라고 했지?"

"아직 정상이 아닌 모양이네. 아무것도 기억 안 나?"

"응."

"휴우……."

놈의 안색이 흐려졌다. 놈은 자신이 기억상실에 걸렸다고 확신하면서 땅이 꺼져라 한숨을 흘려냈다.

"난 도철이다. 네 불알친구. 오늘 깨어나서 그래. 시간이 지나면 조금씩 좋아질 거야. 그러니까 너무 걱정하지 마."

"내가 왜 이러고 있지. 여긴 어디고?"

"넌 교통사고를 당했어. 사거리에서 차에 치였다. 그래서 병원에 오랫동안 있었어."

"얼마나?"

"3개월. 그동안 의식을 차리지 못했기 때문에 우린 네가 식물인간이 된 줄 알았어."

"내 상태는 어때?"

"뇌간 손상이 크게 생겼대. 의사는 죽어도 이상하지 않았을 정도라고 했어. 당연히 팔, 다리는 다 부러졌고. 문제는 허린데. 네가 움직이지 못하는 건 허리 신경이……. 어쨌든 괜찮아. 이제 정신을 차렸으니까 천천히 재활하면 좋아질 거야."

괜찮은 게 아니다.

놈의 잔뜩 흐려진 얼굴로 봤을 때 자신의 몸뚱이는 최악 중의 최악인 게 분명했다.

*   *   *

정신을 차린 지 일주일이 지났다.

이상한 물체.

병실 벽에는 이상한 물체가 걸려 있었는데 하루 종일 화면이 흘러나와 수많은 정보를 그에게 주었다.

처음 보는 신기한 물건. 사람들은 그것을 텔레비전이라 불렀다.

너무 놀라 벌떡 일어날 뻔했다.

작은 네모판에서 움직이는 사람들의 모습과 세상이 존재한단 사실은 무림의 그 어떤 기사보다 놀라운 일이었다.

하지만, 사람들은 당연한 것처럼 평온한 얼굴로 텔레비전을 볼 뿐이었다.

움직이지 못 하고, 꼼짝 못 하는 상태에서 텔레비전을 보며 자신이 환생한 이 세계에 대해 많은 것을 알 수 있었다.

어이없게도 이 세계는 던전이라 부르는 곳에서 괴물들이 끊임없이 쏟아져 나와 엄청난 혼란에 빠져 있었다.

오늘 뉴스에도 일산 어딘가에 던전이 열려 헌터들이 대거 투입되었다는 소식이 흘러나왔는데, 현장을 찍은 화면은 난장판이 따로 없었다.

괴물이라.

강호에도 있었지만 무림의 괴물들은 주술사들에 의해 만들어졌거나 처음부터 존재했던 영물, 또는 괴수들이다.

근본부터 다른 존재란 뜻이다.

던전이란 거대한 구멍, 그리고 거기를 통해 나타난 괴물들.

또, 그 괴물들을 때려잡는 자들은 또 뭔가.

"헌터가 뭐냐?"

"괴물을 잡는 사람들이죠. 각성자들. 인간의 범위를 넘어선 초인들이 괴물을 잡아요. 괴물들이 총이나 미사일에는 안 죽기 때문에 헌터들이 사냥을 한답니다."

"그럼, 저 사람들이 헌터냐?"

"그럼요. 저기 화면에 나온 사람이 김두성이잖아요. 내가 가장 좋아하는 헌터 중에 한 명이에요."

질문을 하자 옆에 누워 같이 텔레비전을 보던 놈이 말했다.

고등학생인 이철민은 백혈병에 걸려 죽음을 앞두고 있었는데 밝은 심성을 가져 그와 친하게 지냈다.

꼬박꼬박 대답해 준다.

그의 입장에서는 너무나 뻔한 사실이었지만 한정유가 기억상실증에 걸렸다는 걸 들은 후부터 당연한 질문에도 상냥하게 대답해 줬다.

"던전이 생긴 이유는 뭐지?"

"그걸 내가 어떻게 알아요. 머리 좋은 과학자들도 모르는데."

"쟤들은 어디 문파 소속인지 알아?"

"문파라뇨. 그게 뭔데요?"

"저기 헌터라고 부르는 애들도 소속이 있을 거 아냐. 그걸 묻는 거야."

"김두성은 피닉스 길드의 골든헌터예요. 텔레비전에 나오는 헌터들은 전부 길드 소속이라고요. 우리나라에만 20개의 길드가 있고, 전 세계적으로 따지면 아마 1,000개는 있을걸요?"

"그렇구나."

길드가 뭔지 더 정확하게 알아야 되겠지만, 이철민의 말은 틀렸다.

자신의 눈에 들어온 장면.

텔레비전에 나온 놈, 피닉스 길드의 골든마스터 김두성이 보여준 검법은 그가 무림에서 활동할 때 봤던 것이다.

그리고 그 옆에 팔짱을 끼고 있는 자. 놈의 손에서 흘러나온 광선.

무림의 세계에서 구경조차 하지 못한 거다.

장풍이나 권기라면 이해하겠지만 놈의 손에서 나온 광선은 그 근본이 다른 것이었다.

이거 일이 점점 재미있어진다.

이철민이 헌터들을 말하며 각성자라 칭했지만, 자신의 눈으로 봤을 때 그들은 자신과 동류의 인간들로 보였다.

아무래도 이 세계는 자신처럼 환생한 놈들이 꽤 많은 모양이다.

병원에서는 자신이 의식을 차렸음에도 전혀 기뻐하지 않았다.

자신의 부모는 그저 의식을 차려준 것만으로도 눈물을 흘렸으나, 그것이 고통의 시작이란 건 누구나 다 안다.

기억상실, 거기다 반신불수. 병상에서 움직일 수조차 없으니 기억이 돌아온 게 오히려 더 커다란 고통일 것이다.

더군다나 뇌 속엔 아직도 피가 고여 있어 언제 죽어도 이상하지 않을 몸뚱이였다.

나의 정체는 무엇일까.

마제 혁련도일까, 아니면 한정유일까.

고민은 그리 길지 않았다.

어떤 경로를 통해 자신이 한정유로 환생했는지 모르지만, 새로 갖게 된 삶이었으니 지금부터 한정유로 살아가야 한다.

참으로 어처구니없는 일이다.

텅 빈 단전, 중요 혈도는 전부 막혀 있었고 관조된 몸은 온전한 곳이 한 군데도 없었다.

그럼에도 그는 절망이란 단어를 떠올리지 않았다.

자신의 머릿속에 고스란히 들어 있는 무극심법은 삼천 년 무림 역사에서 가장 신묘한 신공 중의 신공이었으니 몸을 정상으로 돌리는 건 그리 어려운 일이 아니기 때문이다.

*   *   *

하늘과 땅.

천지에 담겨 있는 우주의 기운.

그 기운을 빨아들여 인간의 신체에 담는 것이 무극심법의 요체였다.

그 속에 담겨 있는 현묘한 묘리를 대성할 수 있었던 건 마제가 가지고 있던 천부적인 의지와 타고난 신체 때문이었다.

우주만물의 변화에는 법칙이 있고 질서가 있는 게 분명하다.

한정유는 자신의 몸이 엉망이었음에도 전생의 육체와 흡사하다는 걸 느낄 수 있었다.

다행스럽게 환생된 몸은 전생의 몸과 거의 일치했는데 무극심법이 운용되자 천천히 반응을 보이기 시작했다.

무공.

내공의 증진은 익히는 자의 깨달음에 따라 그 속도가 비례하는 법이다.

특히 마제는 무극심법을 지천의 경지까지 끌어 올렸던 무인이었으니 그 증진 속도는 타의 추종을 불허할 수밖에 없다.

그럼에도 단전을 만드는 데 한 달이란 시간이 걸렸다.

그 한 달 동안 한정유는 밥 먹는 시간을 빼고 하루 종일 무극심법을 운용하며 단전을 만들었다.

내공을 익히는 데 가장 어려운 건 단전을 생성시키는 것이었는데 무림에서는 천재들도 심법운용을 시작한 후 3년이 지나야 겨우 성공시킬 수 있을 만큼 지난한 일이었다.

단전이 생성되면 꾸준한 노력을 통해 내공을 채워 넣을 수 있고, 그 내공이 범위를 확장하며 다시 단전의 크기를 키워 나간다.

단전을 만드는 동안 병실을 옮겼다.

그가 있었던 곳은 중환자실이었지만 정신을 차리고 난 후 일반 병실로 옮겼다.

상태에 따른 것도 있으나 더 커다란 이유는 병원비 때문이었다.

자신의 부모는 가진 것이 별로 없는 사람들이었다.

아버지인 한민규는 공사 현장에서 일했고, 어머니인 김숙영은 식당에서 일한다고 들었다.

그렇게 번 돈으로 자신의 병원비를 충당하고 있었다.

그들이 병원에 오랫동안 자리를 지키지 못한 것도 그런 이유였다.

여동생인 한미연은 명문대에 다닌다고 했는데 아르바이트를 하며 스스로 학비를 충당하는 기특한 아이였다.

단전을 만드는 동안 침묵으로 일관했다.

부모는 물론이고 친구인 김도철, 여동생인 한미연까지.

병원을 찾을 때마다 그들은 무거운 마음으로 돌아갈 수밖에 없었다.

기억상실, 더불어 반신불수.

뇌사는 면했지만 살아 있어도 산 게 아니다.

정말 최악 중의 최악인 상황이었고 더불어 당사자인 한정유가 침묵으로 일관하며 대답조차 하지 않자 그들은 오래 병원에 머물지 못했다.

*　　　　*　　　　*

조금씩 허리 쪽에 끊어진 신경을 이어 붙였다.

단전에 생성된 내공이 적었기 때문에 쉬운 작업이 아니었으나 꾸준히 노력하자 점점 신경이 움직이기 시작했다.

두 달이 지나자 밤톨 같았던 단전이 확장되어 주먹만 해졌다.

이젠 되었다.

내공이 자리를 잡았으니 끊어진 신경을 이어 붙이고 막혀 있는 혈도들을 하나씩 뚫는 건 이제 일도 아니다.

내공이 자리 잡은 이상 그 크기의 확장은 시간이 지날수록 거침없이 커질 것이다.

단전의 크기는 마지막 단계에 들어서면 측정을 할 수 없다.

사람들은 단전의 크기가 인체 안에 있기 때문에 한계가 있다고 생각하지만, 마제는 전생에서 우주 만물을 그 속에 담을 만큼 무한한 단전을 가진 무인이었다.

또다시 한 달이 지나자 끊어졌던 허리신경이 완벽하게 붙었고 움직임을 방해했던 혈도들이 관통되었다.

처음 한정유가 꿈틀거리는 걸 본 간호사는 놀라서 움직이지 못했다.

그만큼 최악의 몸이었고, 이런 상태의 환자가 움직이는 걸 본 적이 없기 때문이었다.

기적.

맞다, 그녀에게는 한정유의 상태가 기적이었을 것이다.

병원이 난리가 났다.

의사가 달려왔고 부모님과 친구들이 기쁨의 눈물을 흘렸다.

*   *   *

한정유가 침묵을 깨고 입을 연 것은 팔다리가 움직이기 시작한 후였다.

자신을 기쁜 눈으로 바라보는 한민규와 김숙영.

전생의 정신을 고스란히 가지고 왔으나 환생한 이상, 두 분은 자신의 부모가 분명했다.

"아버지, 몸이 조금씩 움직이니까 퇴원해야겠습니다."

"안 된다. 이제 겨우 몸을 움직이기 시작했는데 퇴원이라니. 병원에서 재활 훈련을 한 후 퇴원해도 늦지 않아. 병원비 때문이라면 걱정하지 마라. 아버지 월급이 내일 나와. 충분히 견딜 수 있어."

"너무 오래 병원에 있었더니 힘들어서 그래요. 제 몸은 제가 잘 압니다. 더 이상 병원에 있을 이유가 없어요."

강하게 주장하자 한민규와 김숙영의 시선이 부딪쳤다.

현실적인 고통.

말은 하지 않았으나 두 사람이 번 돈은 대부분 아들 병원비에 들어갔기 때문에 생활이 엉망진창으로 변한 건 오래전의 일이었다.

그럼에도 버티고 버텨온 건 아들에 대한 사랑 때문이었다.

"그래도 오빠, 조금만 더 있어. 오빠가 언제부터 우리 집 살림을 걱정했다고 그래. 우린 충분히 버틸 수 있으니까 힘들어도 참아!"

부모님을 대신해서 입을 연 건 한미연이었다.

그러고 보면 참 못난 아들이고 오빠다.

삼류대학을 졸업한 후 2년이나 백수로 놀며 게임에 미쳐 살았다고 한다.

더군다나 교통사고를 당한 건 여자 친구에게 차여 술에 잔뜩 취해 교통신호를 위반하고 횡단보도를 건너다가 발생한 일이었다.

그를 친 차는 보험에도 들지 않았고 운전사는 무면허에 가진 게 아무것도 없는 사람이라 병원비도 받아내지 못했다.

한마디로 구제불능.

쓴웃음이 흘러나왔다.

병실에 모여 있는 가족들의 마음이 어떤지 충분히 이해할 수 있었다.

연민과 불안, 걱정과 고통이 상존하는 마음이다.

이 자식, 인생을 뭐 이따위로 산 거야!

반대하는 가족들과 김도철의 만류를 꺾고 집으로 돌아왔다.

아직 온전한 몸은 아니었으나 병실을 나서 택시를 타고 집으로 돌아오는 동안 더없이 기분이 상쾌했다.

전혀 다른 환경, 전혀 다른 세상.

텔레비전을 통해 이 세계에 대한 정보를 대부분 알았지만 직접 눈으로 보게 되자 감회가 새로웠다.

집은 봉천동에 있는 18평짜리 연립주택이었다. 전세라고 했으니 그것마저 부모님의 소유가 아니다.

부축을 받아 자신의 방으로 들어서자 먼저 침대가 보였고 책상 위의 컴퓨터가 덩그러니 놓여 있었다.

그리고 문쪽으로 놓여 있는 옷장. 그게 다였다.

그때부터 한정유는 집 안에 틀어박혀 아직 막혀 있는 나머지 혈도들을 뚫으며 시간을 보냈다.

다시 한 달이 지나자 몸을 부자연스럽게 만들었던 혈도들이 모두 뚫렸다.

참 오래 걸렸다.

전생의 내공을 지녔다면 불과 몇 시간 만에 끝낼 일이 무려 4달 넘게 걸렸으니 고생도 이런 생고생이 없었다.

가족들은 자신이 본래의 몸으로 돌아오자 기뻐하면서 점차 평범한 일상으로 돌아갔다.

부모님은 일을 나갔고 여동생은 학업과 아르바이트로 시간을 보내느라 집에 있는 시간이 거의 없었다.

어차피 자신은 백수였으니 시간이 남아돌았다.
우선 비쩍 꼴은 몸을 정상으로 되돌릴 필요가 있었다.
마른 멸치가 따로 없다.
오랫동안 움직이지 못해서 그렇겠지만, 지금 자신의 모습은 비쩍 마른 생선을 연상시킬 정도로 엉망이었다.

신체의 균형을 맞추는 것 역시 그의 전공 분야 중 하나다.
사람들은 훌륭한 몸을 가꾸기 위해 헬스장에서 전문 트레이너를 통해 훈련한다고 했으나 자신은 그렇게 하지 않아도 누구보다 완벽한 몸을 지닐 수 있다.
한정유는 사람이 찾지 않는 야산에 올라 신체를 단련하는 동시에 자신의 무공을 되찾기 위한 훈련을 시작했다.

마제의 무공.
섬전십삼뢰(閃電+三雷)와 단천열화권.
이 두 가지 무공으로 마제는 강호에서 고금제일의 무적이었다.

온몸이 삐긋거리며 투로를 방해했지만, 한정유는 비 오듯이 땀을 흘리며 단천열화권을 집중적으로 연마했다.
신체의 균형을 잡는 데 단천열화권의 투로를 연마하는 게 가장 효과적이라는 걸 너무나 잘 알기 때문이었다.

마치 어린아이가 아장아장 걷는 것과 비슷하다.

엉망으로 변한 신체.

단천열화권의 교묘하고도 패도적이며 웅장한 투로를 완벽하게 시전하기엔 그가 지닌 신체가 너무 엉망이다.

그럼에도 점점 좋아진다.

이대로 계속 연마를 한다면 전생에서 가졌던 완벽한 몸매를 되찾는 건 일도 아닐 것이다.

"오빠, 도대체 집에서 뭐 하는 거야. 엄마가 일하느라 집에 안 계신 거 오빠 눈에는 안 보여? 꼭 일하고 들어오신 아빠가 밥을 해야 돼!"

한미연이 도끼눈을 부릅뜨고 소리를 질렀다.

매일 무공 훈련에 매진하고 있었지만 오후 6시면 집으로 돌아온다.

그럼에도 집안일을 한다는 건 생각조차 하지 않았다.

마제로 살아온 인생은 집안일과는 거리가 멀어도 너무 멀었다.

"나, 그동안 정말 많이 참았어. 오빠가 아팠기 때문에 이해하려고 노력했지만 이건 너무하잖아. 집에서 하루 종일 놀면서 이러면 안 되는 거 아냐?"

"나보고 설거지를 하라는 거야?"

"응, 설거지도 하고 청소도 해. 아빠 돌아오시면 드실 수 있도록 밥도 하고. 백수가 그런 거라도 해야지. 양심이 있으면!"

"난 그런 거 잘 못하는데."

"이씨, 처음부터 잘하는 사람이 어디 있어. 정신 차린 다음부터 뭔가 달라진 것 같아 기대를 했더니 똑같잖아. 사람이 좀 변하면 안 돼? 어쩌면 예전과 그렇게 똑같아!"

"음……. 미안하다."

"됐어. 비켜. 나 설거지해야 돼."

"저녁에 또 나가니?"

"아르바이트 나가는 거 알면서 왜 물어. 저녁만 먹고 나가야 해."

"그거 하면 얼마나 벌어?"

"왜, 용돈 떨어졌어?"

"아니, 그게……. 궁금해서 물어본 거야."

"받아. 백수도 돈이 필요하겠지. 월급 받으면 더 줄 테니까 일단 이걸로 버텨봐."

한미연이 주섬거리며 주머니에서 3만 원을 꺼내주었다.

하아, 이것 참.

그럼에도 한정유는 그녀가 내민 돈을 받아 챙겼다.

그녀의 말대로 돈 쓸 일이 있긴 하다. 낮에는 가족들이 전부 집을 비우기 때문에 점심을 해결하기 위해서는 돈이 필요했다.

이것 또한 난감한 일이다.

전생에서는 돈에 대한 걱정을 해본 적이 없다.

모든 게 내 것이었고, 내가 원하는 것이라면 휘하의 제장들이 목숨을 걸고 구해 왔다.

"고맙다. 나중에 꼭 갚을게."
"허이구, 그런 날이 꼭 왔으면 좋겠네요."

제2장

회복

3개월이 더 흐르자 몸이 완연하게 변했다.

비쩍 말랐던 몸에 근육이 붙기 시작했는데 한정유는 정해진 식사 시간에 충분한 영양분을 섭취해서 몸의 회복을 가속시켰다.

헬스트레이너들이 가지고 있는 굵은 근육들이 아니라 차돌처럼 단단하고 밀집된 근육들이라 벗겨보지 않으면 모를 정도다.

몸매를 회복시켜 놓고 보니 이놈도 꽤 그럴 듯하다.

180㎝에 75㎏.

정말 눈물겨운 노력의 결과였다.

병원에서 퇴원했을 때 몸무게가 60㎏에 불과했으니 6개월 만에 무려 15㎏이나 늘었다.

아직 완성된 몸은 아니었지만, 그것만으로도 충분하다.

미공자 스타일은 아니었으나 그럭저럭 꽤 잘생긴 얼굴을 지녔고 제법 인상도 좋아 세상 살아가는 데 전혀 지장 없을 것 같았다.

시간이 지나며 몸도 변했지만 내공 회복 역시 거침없이 진행되었다.

이미 전생에서 무극심법의 현묘함을 깨달았던 경험이 있기에 내공이 빠르게 증진되고 있었다.

물론 전생과 비교한다면 아직 멀었다.

한정유의 몸은 이제 막 내공에 적응하고 있는 중이었기에 더 높은 경지에 들어서기 위해서는 시간이 필요했다.

더불어 내공 증진을 가로막고 있는 혈도들이 아직 뚫리지 않았다.

임독양맥이 모두 뚫려야 전생의 내공 수준으로 돌입할 수 있는데, 아직 주요 혈도들을 뚫기에는 그의 내공이 부족했다.

*   *   *

달그락, 달그락.

왜 여동생이 설거지를 할 때마다 신경질을 부렸는지 이제 이해가 간다.

먹으면 생기는 그릇들.

먹는 건 간단했지만, 만드는 것도 치우는 것도 보통 일이 아니었다.

한정유가 밥을 하기 시작한 건 한미연으로부터 잔소리를 듣고 난 후부터였다.

의외로 밥을 하는 건 무공을 익히는 것보다 훨씬 어려웠다.

하지만, 동생의 말은 진리처럼 훌륭하게 들어맞았다.

역시 경험은 무섭다.

계속 노력하자 점점 괜찮은 밥과 반찬들을 만들어 낼 수 있었다.

물론 맛은 보장하지 못한다.

어떨 때는 내가 무슨 짓을 하고 있는지 스스로 이해되지 않을 때도 있었지만 일을 마치고 들어온 아버지와 여동생이 맛있게 먹는 모습을 볼 때면 그런 번민이 순식간에 사라졌다.

오늘도 무공 수련을 끝내고 들어와 설거지를 했다.

아버지가 오시기까지 아직 한 시간이나 남았으니 설거지를 마치면 밥을 얹고 김치찌개를 만들 생각이었다.

초인종 소리가 들려온 것은 설거지를 마치고 쌀을 씻을 때였다.

"누구세요?"

"여기가 한민규 씨 댁 맞습니까?"

"그런데요?"

"맞으면 일단 문 좀 열어. 싸가지 없게 구멍 사이로 쳐다보지 말고."

얼씨구.

이 새끼들은 또 뭐야.

그러지 않아도 문을 열어주려 했다. 아버지를 찾기에 손님이라 생각했기 때문이다.

하지만, 뒤이어 나온 거친 말에 눈꼬리가 저절로 올라갔다.

강호에서도 하류배 사이에는 저런 말투를 쓰는 놈들이 흘러넘쳤다.

문을 열어주자 세 놈이 징그러운 미소를 지으며 성큼성큼 안으로 들어왔다.

그런 후 천으로 만들어진 소파에 엉덩이를 내려놓았다. 마치 제 집처럼.

"어이, 커피 한 잔 타와 봐."

"당신들 누구요?"

"우리? 우린 빚쟁이지. 네가 이 집 아들이냐?"

어이가 없어 말이 나오지 않았다.

감히, 내게 커피 심부름을 시켜?

가만히 서서 지켜보자 놈들은 겁을 집어먹었다고 느꼈던지 비웃음을 흘려냈다.

"그런데 한민규 씨는 아직인가. 대충 이 시간이면 집에 올 때가 되었잖아."

"아버지는 7시나 되어야 돌아오십니다. 무슨 일로 왔는지 말하면 내가 전해주겠습니다."

"전해주긴 뭘 전해줘. 그런다고 빌린 돈이 나오겠어. 오늘은 완전히 뿌릴 뽑을 생각으로 왔으니까 넌 가서 커피나 타와."

"돈을 빌렸다고 하는데, 얼맙니까?"

"2천만 원."

제법 큰돈이다.

아버지가 한 달에 버는 돈이 350만 원이라 했으니 거의 6달치 월급을 빚졌다는 뜻이다.

놈의 말이 부풀려졌을 가능성도 있었지만, 만약 아버지가 그런 빚을 얻었다면 분명 자신과 연관 있을 가능성이 컸다.

성실한 아버지는 함부로 남의 돈을 빌릴 사람이 아니었다.

그리고 자신의 추측은 놈들의 입을 통해 정확하게 나타났다.

"병원비 한다고 빌려간 게 벌써 1년이 다 되어가. 빌려달라고 찾아왔을 땐 간까지 빼 줄 것 같더니 이젠 이자도 제대로 갚지 않네. 그러니 어쩌겠니. 우리가 찾아올 수밖에."

"음… 알았으니 일단 돌아가세요. 아버지가 돌아오시면 상의해 보겠습니다."

"이 새끼가 아직도 말귀를 못 알아 처먹네. 방금 말했잖아. 끝장을 보러 왔다고. 두들겨 패도 갚지 않는 놈에게는 한 가지 방법밖에 없거든. 우린 그걸 하려고 온 거야."

"그 방법이 뭡니까?"

"요즘 던전에서 괴물들이 튀어나와 사람들을 해치기 때문에 장기가 무척 귀해졌어. 너희 가족 중에 하나만 희생하면 돼. 간이나 콩팥, 아니면 각막. 어떤 것도 괜찮아. 어때, 네가 줄래?"

대충 저간의 사정을 알겠다.

아버지의 얼굴이 붉게 물들어 저녁조차 먹지 못했던 날이 놈들에게 얻어맞은 날이었던 모양이다.

순간 순간, 불쑥 불쑥 지어졌던 아버지와 어머니의 그늘.

가급적 자신 앞에서는 나타내지 않기 위해 애를 썼지만, 눈치 빠른 그가 모를 리가 없었다.

그럼에도 묻지 않았다.

자신의 당면 과제는 최대한 빨리 몸을 원상 복구하는 것뿐이었으니.

징그럽게 웃는 얼굴.

난 지금까지 살아오면서 자신을 앞에 두고 이런 웃음을 짓는 자를 살려둔 적이 없다.

"너 몇 살이냐?"

"뭐라고?"

"몇 살이냐고 물었다. 대충 봐도 나와 비슷해 보이는데 왜 보자마자 반말이야. 싸가지 없게."

"하아, 이 씨발 놈 봐라. 네가 기억상실증에 걸렸다고 해도 이건 아니지."

"너희들 밥은 먹었냐?"

"이 미친놈이!"

맨 왼쪽 가죽옷을 입은 놈이 어이없다는 표정으로 일어났다.

그런 후 위협적으로 한정유의 몸을 밀면서 험악한 면상을 들이밀었다.

하지만, 한정유은 놈의 협박에 가소로운 웃음을 지었다.

"척 보니까, 너희들은 정상적인 빚쟁이가 아닌 것 같네. 그렇지?"

"우리는 빌려준 돈은 완벽하게 돌려받는 해결사들이다. 그냥 빚쟁이들과는 차원이 다른 사람들이야. 정신이 온전치 않다니까 이번엔 봐주지만, 다시 까불면 너부터 죽여 버린다."

중간에 앉아 있던 칼자국이 능글거리는 목소리로 이죽거렸다.

놈들은 한정유 정도는 전혀 신경 쓰지 않는 것 같았다.

콰악!

계속 자신의 가슴을 찌르는 손가락을 꺾어버리자 가죽옷이 대롱거리며 찢어질 듯한 비명을 질렀다.

하지만 그건 시작에 불과했다.

"남의 집에 왔으면."

왼쪽 수도가 놈의 명치를 찔렀고 곧이어 무릎이 올라가 놈의 면상을 갈겼다.

"예의를 지켜야지."

가죽옷이 쓰러져 버둥거릴 때 한정유의 몸이 막 일어서는 두 놈 앞으로 귀신같이 날아갔다.

"여기가 너희 집 안방이냐?"

두 놈의 전신에 한정유의 주먹이 작렬했다.
피한다는 건 생각조차 하지 못했다. 주먹이 보여야 막든가 말든가 할 것 아닌가.

"어디서 다리를 쫙 뻗고 드러누워 지랄을 해. 겁도 없이!"

복날 개패 듯 두들겼다.
이런 놈들에게는 자신의 독문무공을 꺼낼 필요도 없다.
급소만 골라 팼다.
전생의 그라면 당연히 죽였을 것이다.
하지만 이곳은 그가 살던 강호와 달라 사람을 상하게 하면 돈을 물어줘야 된다는 소리를 들었다.
그렇게 하면 안 되겠지.

지금도 빚 때문에 허덕이는 부모님을 더 힘들게 만들 생각은 전혀 없었다.

곡소리.

사람이 죽어갈 때 지르는 비명 소리를 곡소리라 표현한다.

"비명 정지. 즉각 일어나도록. 지금 안 일어나면 팔, 다리를 아에 분질러 버린다!"

이 사이로 새어나오는 묵직한 저음.
무적으로 강호에서 활동할 때 그의 목소리에 담겨 나온 명령은 공포 그 자체였다.
거부할 수 없는 음성.
쓰러져 비명을 지르던 자들이 겨우 겨우 일어나 한정유의 앞에 차례대로 섰다.
사색으로 변한 얼굴.
아직도 전신을 옭아매는 고통 때문에 제대로 움직이지 못했지만 그들의 시선은 온통 한정유의 주먹에 가 있었다.

"밥할 줄 아는 놈 손들어. 없으면 죽는다. 셋 셀 동안 대답하지 않아도 죽어."
"제가… 할 줄 압니다."
"김치찌개는?"

"그건 제가 할 수 있습니다."

"좋아, 시간이 없으니까 서둘러. 30분 준다. 그때까지 전부 끝내놔. 그리고, 너!"

"예. 말씀하십시오."

"넌 할 줄 아는 게 없으니까 커피나 타 와!"

지금까지 식충이로 살아온 건 무공을 회복하기 위함이었을 뿐.

가족의 고통스러운 삶을 눈으로 보면서 외면한 건 단 하나의 이유, 엉망으로 변해 버린 자신의 육체를 원상태로 돌려놓는 게 우선이었기 때문이다.

시간이 더 필요했다.

텔레비전에서 봤던 헌터, 특히 골든헌터에 속하는 강자들의 무공 수준을 따라가기엔 아직 자신의 회복 수준이 부족했기에 조금 더 수련을 하려 했다.

하지만, 사채업자들이 집까지 찾아온 이후 그 생각을 접었다.

삼류대학을 졸업한 후 2년을 게임 폐인으로 지냈고, 교통사고를 당해 1년 동안 또다시 백수로 살아온 인생.

이런 인생을 여기 사람들은 흙수저에서 태어난 기생충이라 칭했다.

부모님의 등골을 빼먹고 살아가는 기생충.

그게 바로 자신의 현재 모습이었다.

　　　　　*　　　　　　*　　　　　　*

　청바지에 면티를 입고 거리로 나섰다.

　취직 자리를 구하는 것보다 먼저 해결해야 될 일이 있었다.

　이쪽 세계의 법칙이 어떤지 몰라도 세상 살아가는 이치는 그
리 다르지 않다.

　후환이 조금이라도 있다면 근본부터 뿌리 뽑아놔야 일이 말
끔하게 처리된다는 것이다.

　집으로 찾아왔던 놈들에게 사채 사무실의 위치를 확인했다.

　놈들에게 들은 바에 따르면, 아버지가 빌린 돈은 700만 원이
었다.

　그 돈이 불과 1년 만에 2천만 원으로 탈바꿈했으니 고리도 이
런 고리가 없다.

　이 세계는 대부분 사람들이 은행이란 곳에서 돈을 빌렸지만,
아버지는 특정 직업이 없었고 지닌 재산조차 없어 어쩔 수 없이
사채를 썼는데, 그게 업계에서 제일 악질로 소문난 놈들이었다.

　한정유는 잠시 서서 눈앞으로 다가온 건물을 지켜봤다.

　건물은 최신식으로 지어진 5층짜리였다.

　악덕 고리로 사채 놀음을 하는 놈들이라 그런지 제법 근사한
건물에 사무실이 있었다.

　빌딩 문을 열고 천천히 걸어 3층으로 향했다.

곳곳에 보이는 거친 인상의 사내들.

척 봐도 평범하게 살아가는 놈들로 보이지 않았다.

"뭔 일로 왔어?"

이 새끼들은 전부 혀가 짧아.

아니면 내가 너무 만만하게 보이나?

"빚 갚으러."

"호오, 역시 세상은 오래 살고 봐야 돼. 스스로 알아서 빚 갚으러 오는 놈도 있네. 사무실이 어딘지는 알지?"

"3층 맞나?"

"응, 3층. 그런데 이 새끼가 계속 반말이네."

"네가 먼저 했잖아. 조용히 빚 갚고 갈 테니까 시비 걸지 마라. 벌써부터 이러면 내가 볼일 보기가 불편해져."

"하아, 이 씨발 놈. 정말 웃기는 놈일세. 좋아, 일단 올라가서 일부터 봐. 그러고 나서 우리 일 좀 해결하자."

어이없다는 표정으로 두 놈이 뒤로 물러나며 길을 비켜줬다.

그 사이를 통과하며 한정유가 입맛을 다셨다.

3층으로 올라가 사무실 문을 열자 다섯 놈이 동시에 자신을 쳐다보는 게 보였다.

일단 우두머리부터 확인했다.

벽 쪽 책상에 있는 놈.

여유 있는 자세로 책상에 걸터앉은 놈이 이곳의 대가리고, 소파에 앉아 있거나 거울 앞에서 지랄을 떠는 놈들은 부하들이겠지.

한정유가 들어서자 책상에 앉아 있던 올백 머리가 눈을 치켜떴다.

"어이, 젊은이. 어떻게 오셨을까?"

"빚 갚으러."

"처음 보는 면상인데, 누구 빚?"

"한민규 씨가 내 아버지야. 이곳에서 돈을 빌렸다고 하던데?"

한민규란 이름이 나오자 순식간에 올백머리의 인상이 변했다.

보고를 받았겠지. 그 정도로 얻어터지고 간 놈들이 보고를 안했겠어.

"아하, 네가 그 아들놈이구나. 그러지 않아도 만나보고 싶었는데 제 발로 찾아왔네. 네가 우리 애들을 팼다며?"

"패긴, 그저 간단하게 손봐준 거지. 예의가 없어서."

"실력이 꽤 좋은가 봐. 기억상실증에 걸렸다고 들었는데 어디서 기연이라도 얻으셨나?"

올백머리가 빙글거리며 책상 위에 있던 인터폰을 가볍게 눌렀다.

삐익. 삑. 삑.

반응 좋고.
자신의 정체를 알자마자 똘마니들을 소집한 게 분명했다.
문이 열리며 다섯 놈이 더 들어왔다.
그러자 올백머리가 허리춤에 있었던 단도를 꺼내 들고 빙글빙글 돌리며 다가왔다.

"정말 빚 갚으러 온 거야?"
"응."
"현찰로?"
"아니."
"그럼?"
"몸으로. 너희들이 내 아버지를 험하게 대했으니 그 빚을 먼저 받아야겠어. 돈 갚는 건 나중일이고. 그게 내 순서야."
"하아, 이 또라이 새끼가… 아악!"

이를 드러내며 단도를 앞으로 내미는 놈의 팔을 꺾으며 손바닥으로 면상을 갈겼다.
그런 후 소파를 건너뛰며 일어나는 놈들의 전신을 향해 무영각을 펼쳤다.

빠박!

뼈가 부러지는 소리.

단 한 번의 공격으로 두 놈이 고꾸라지는 순간 탄력을 이용해서 한정유의 몸이 다시 날았다.

거울 앞쪽에 있던 두 놈의 턱과 옆구리, 슬개골이 박살 났다.

눈 깜짝할 사이에 벌어진 일.

신호를 받고 들어온 놈들이 야구방망이를 휘두르는 순간, 한정유의 입꼬리가 올라갔다.

이왕이면 장검이나 대도 정도는 들고 오지 그랬어.

그러면 화끈하게 팔, 다리를 잘라 버렸을 텐데.

귀신처럼 움직이는 신형.

공격의 빈틈을 한정유의 몸이 바람처럼 빠져나갔다.

하지만, 그냥 빠져나간 게 아니다.

"아이고, 악… 커억……."

퍼벅! 빠악!

비명 소리와 타격음이 난무하다가 갑자기 뚝 그쳤다.

＊   ＊   ＊

"야, 뱁새눈."

"으… 말씀하십시오."

"내가 지금 너한테 3만 원을 빌려주고 싶은데. 빌릴 거지?"
"예?"

빠악!

반문하는 순간 한정유의 발이 꿇고 있던 올백머리의 무르팍을 찍었다.

귀곡성.

얻어맞은 올백머리의 입에서 귀신 울음소리가 나왔다.

"나는 두 번 말하는 거 극도로 싫어해. 다시 한번 묻는다. 빌릴 거지?"
"예, 빌리겠습니다."
"이자는 하루 지날 때마다 원금의 100%야. 그래도 괜찮아?"
"괜찮습니다. 무조건 빌리겠습니다."
"복리로 계산되는 건데?"
"상관없습니다… 그러지 않아도 급히 돈이 필요했거든요."

놈의 시선은 까딱거리는 한정유의 다리에 가 있었다.
다시 한번 맞으면 죽을 것 같았기에 공포에 가득 질려 있는 시선이었다.

"그럼 여기에 사인해. 그리고 돈이 생기면 갚아. 알았지?"

"예, 알겠습니다."

"돈이 생기면 갚으러 올 거야?"

"아닙니다. 돈 쓸 일이 많아서 당분간 갚기 어려울 것 같습니다."

"그것 참, 빌려준 돈은 빨리 받아야 되는 건데. 그래도 어쩌겠어, 사정이 급하다니까 내가 사정을 봐줘야지. 그런데 우리 아버지 빚은 어쩔래?"

"그건 제가 알아서 하겠습니다."

"어떻게?"

"워낙 신용이 좋으셔서 천천히 갚아도 됩니다."

"그래, 그럼 나중에 봐. 내가 조금 있으면 바빠질 거니까 돈 갚을 거면 시간 잘 맞춰서 와라. 알았지?"

무슨 뜻인지 충분히 알아들었을 것이다.

함부로 돈 갚겠다고 오면 죽는다. 그건 지들이 자주 쓰던 수법이었으니 모른다는 게 더 이상한 일이다.

사무실을 나와 버스를 타고 영등포로 향했다.

사채업자들은 사무실을 나서는 자신에게 구십 도로 절을 하며 배웅을 했기 때문에 즐거운 마음으로 나올 수 있었다.

전생에 늘 받았던 대접을 오랜만에 받았다.

오늘 오후 일정은 간단하다.

그동안 무심하게 넘겨 버렸던 가족들의 일상을 눈으로 확인하는 것이었다.

아버지의 일터가 영등포에 있다고 했으니 그곳에 가서 점심을 같이할 생각이었다.

*   *   *

아파트 현장.

한민규는 그곳에서 철근공으로 일하고 있었다.

중학교만 졸업한 후 고아원을 나와 세상을 전전하며 힘겹게 살았다.

그러다가 아내를 만났다.

아들과 딸.

불우했던 자신의 삶속에서 아이들은 소중한 보물이었고 생명이었다.

배운 게 없으니 타고난 몸뚱이 하나로 버텨야 하는 세상은 더없이 고되고 힘들었지만 아이들이 있기에 웃으며 살아갈 수 있었다.

아들이 대학을 졸업하고 백수로 지내는 걸 보면서 화를 내지 못했다.

아들은 중학교 때까지 전교 1, 2등을 다투는 수재였으나 고등학교에 들어가면서 내리막길을 걷더니 결국 삼류 대학으로 진학했다.

이유는 간단했다.

남들이 다 간다는 학원과 과외를 시키지 못하면서 벌어진 일이었다.

딸과 다르게 아들은 다른 아이들과의 불평등을 견디지 못하고 스스로의 삶을 망치는 길을 선택하고 말았다.

그런 아들을 향해 눈물을 보였다.

미안했고 또 미안했다.

하지만 아들이 이대로 삶을 포기할거라 생각하지는 않았다.

뇌사라는 판정을 받고도 기적처럼 살아난 아들.

예전과 달라진 태도와 생활.

비록 아직 취직을 못했지만 아들은 교통사고 전과 백팔십도로 달라졌는데 완전히 철이 든 것 같았다.

사람이 철근을 들고 운반하는 건 보기보다 훨씬 힘든 일이다.

겉보기에는 가느다란 철근의 무게가 별로일 것 같지만 막상 들어보면 돌덩이보다 무겁다.

겨우 힘들게 철근을 옮긴 후 잠시 휴식을 취할 때 누군가 자신을 바라보는 게 느껴졌다.

본능일 것이다.

자신을 아련하게 쳐다보는 시선을 느낀 것은.

거기에 아들이 서 있었다.

"정유야, 네가 여긴 어쩐 일이야?"

*　　　　*　　　　*

아버지와 점심을 먹고 아파트 현장을 나섰다.

힘든 모습.

철근을 매고 가는 아버지의 모습은 그의 어깨를 짓누르는 삶의 무게만큼이나 무겁게 보였다.

그럼에도 자신을 확인한 아버지는 햇살 같은 웃음을 해 보였다.

주르륵, 흐르는 눈물.

왜 울었을까.

원래의 주인이 흘린 눈물일까, 아니면 내가 스스로 흘렸던 눈물일까.

1년 동안 지켜본 아버지는 아들을 철썩같이 믿으며 힘든 삶 속에서도 유쾌함을 잃지 않으려 노력하셨다.

그것의 의미.

안다.

백수가 되어 세상을 등지고 있는 아들에 대한 용기와 희망이다.

다시 버스를 타고 이번엔 노량진으로 향했다.

아버지의 모습을 본 후 마음이 무거워졌으나 이왕 나온 걸음을 되돌리지 않을 생각이었다.

식당에 들러 어머니가 일하는 장면도 한동안 지켜봤다.

나서지 않았다.

평소의 어머니는 아들이 식당에 오는 걸 끔찍하게 싫어해서 일하는 곳조차 가르쳐 주지 않았다.

어머니는 한시도 쉬지 않았다.

음식을 나르느라 정신이 없었고, 손님이 식사를 마치면 그릇을 치워 주방으로 가져갔다.

긴 한숨.

자신은 이런 분들의 아들이다.

*   *   *

대로 양쪽에 우뚝 서 있는 빌딩들.

도로를 달리는 고급 승용차와 정장을 입고 회사에 다니는 사람들의 모습.

수시로 괴물이 나와 혼란이 지속되었음에도 사회가 이렇게 정상적으로 돌아가는 건 던전이 주로 산과 평야지대에서 생성되었기 때문이다.

더불어 던전이 생성되면 감지 시스템이 곧바로 알아내어 일반인들의 피해를 발생하지 않도록 헌터들을 출동시키는 비상 체계가 구축되어 있다고 들었다.

던전을 통해 괴물들이 세상에 등장한 지 20년.

그동안 국가의 최우선 과제는 괴물들을 효율적으로 처단하는 것이었다.

빌딩 상단에는 수많은 광고판들이 나부끼고 있었다.
그중 상당수가 길드에 대한 광고들이었다.
대한민국에는 20개의 길드들이 있었는데, 점점 던전의 발생
빈도가 증가하며 최대의 호황을 맞는 중이었다.

총과 대포, 미사일에는 죽지 않은 괴물들.
한 달에 5, 6차례씩 나타나 도시로 접근하는 괴물들을 막는
유일한 방법은 오직 헌터들에게 의지하는 것뿐이었다.
정부에서는 그들이 한번 출동할 때마다 거액의 비용을 지불
했고, 괴물을 잡은 숫자에 비례해서 포상금도 준다고 했다.

어쩔 수 없었겠지.
사람이, 도시가 온전해야 국가가 무너지지 않을 테니 정부에
서는 별도의 예산을 수립해서 길드를 먹여살릴 수밖에 없다.

돈을 벌어야겠다고 결심한 후 가장 먼저 생각한 것은 바로 길
드에 들어가는 것이었다.
현대 문명에 문외한인 자신이 가장 쉽게 할 수 있는 건 무력
시행뿐이었으니, 길드가 가장 만만하게 여겨졌다.
더불어 현재 길드는 젊은이들 사이에서 꿈의 직장이었다.

일단 길드에 가입하면 일반 회사원들보다 최소 5배의 연봉을

받는다고 하니 꿈의 직장이라 부를 만했다.

혼기에 찬 여자들에게 가장 인기 있는 직업이 바로 길드원이었다.

그럼에도 대부분이 포기할 수밖에 없는 건 길드의 가입 조건이 너무나 까다롭기 때문이었다.

무조건 각성자여야만 한다.

일반인들은 아무리 실력이 뛰어나도 괴물들을 상대할 수 없는 이상 당연한 일이었다.

그것도 각성자 양성 사관학교를 졸업한 자들에게 우선권을 준다고 했으니 일반인들이 길드에 접근하는 것 자체가 불가능에 가깝다.

길드에서는 각성자의 클래스를 5단계로 나누어 관리하고 있었는데 골든헌터는 1등급의 또 다른 명칭이었다.

그 위로 클래스를 벗어난 마스터들이 있다고 들었다.

숫자가 얼마나 되는지 모르나 마스터들은 각 길드에서 손가락으로 헤아릴 정도였는데, 던전에서 특별한 괴물이 나타났을 때만 출동할 정도로 귀한 몸들이었다.

이제 마지막 한 군데만 남았다.

터벅터벅 걸어 시청 앞 사거리로 향했다.

그곳 대형 카페에서 여동생인 한미연이 아르바이트를 하기 때문이었다.

문을 열고 들어가 카운터 앞으로 다가가자 예쁘장한 아르바이트생이 뭘 마실 건지 물어왔다.

힐끗 두리번거렸으나 여동생은 보이지 않았다.

아르바이트생의 질문에 저절로 주머니에 손이 들어갔다.

전 재산 5천 원이 손에 잡혔다.

커피값이 자신의 생각보다 훨씬 비쌌기 때문이다.

그냥 돌아서서 나오려다 마음을 다잡고 가장 싼 아메리카노를 시켰다.

"혹시, 한미연 씨는 출근 안 했나요?"

"미연이는 4시부터 근무해요. 아직 출근하려면 20분 정도 남았어요."

"그렇군요."

누구냐고 눈으로 묻는 아르바이트생의 시선을 뒤로하고 커피를 든 채 거리가 한눈에 보이는 창가로 향했다.

그런 후 커피 향을 음미하며 시간을 보냈다.

"미연이 찾아왔다며. 누구래?"

"그냥 휙 돌아서는 바람에 물을 새가 없었어."

"남자 친군가?"

"미연이 남자 친구 없다."

"그 계집애 워낙 깍쟁이라 속을 알 수 없어. 남자 친구가 있는데 없다고 그런 건지도 몰라."

"저 남자, 분위기 끝내준다. 저렇게 있으니까 꼭 영화배우 같아."

"침 닦아라."

"몸매가 환상이야. 비율이 완벽해."

"슬쩍 가볼까? 나는 얼굴도 제대로 보지 못했어."

정유미의 말에 홍선화가 어깨를 들썩였다.

물론 카페에는 수많은 사람들이 들락거렸기 때문에 잘생긴 남자를 하루에도 열두 번은 본다.

그럼에도 저런 분위기를 가진 남자는 처음이었기에 저절로 가슴이 콩닥거렸다.

"야, 미연이 들어온다."

"타이밍 봐라. 저것이 지 남자 안 뺏기려고 기가 막힌 타이밍에 들어오네. 아쉽다."

둘이 킥킥대며 웃는 동안 한미연이 다가와 옷을 갈아입었다.

홍선화의 입이 열린 건 한미연이 카운터 쪽으로 다가왔을 때였다.

"미연아, 너 찾아온 남자 있어."

"어떤 남자?"

"네 남자 친구."

"까불지 마. 나는 남자 친구 없다고 몇 번이나 말해. 먹고살기 힘들어서 그런 거 키울 새가 없다."

"그럼 저 사람은 뭔데? 혹시 저 사람, 네가 좋아서 따라다니는 사람이니?"

홍선화가 손가락으로 가리키자 궁금증으로 가득 찬 한미연의 고개가 창가로 돌아갔다.

그러고는 긴 한숨이 흘러나왔다.

"웬일이지. 여길 다 오고?"

"누군데. 누구야?"

"우리 오빠."

"헉, 대박. 정말 오빠 맞아?"

"응."

"우와, 미연아. 우리 앞으로 더욱 친하게 지내자. 내가 앞으로 잘할게."

"얘가 갑자기 왜 그래?"

"오빠, 여자 친구 있니? 없으면 난 어때?"

"꿈도 꾸지 마. 우리 오빠 아주 훌륭하신 백수거든. 괜히 나 원망하지 말고 일찍 꿈 깨셔."

홍선화의 질척거림을 뒤로하고 한미연이 성큼성큼 걸어 창가로 다가갔다.

그런 후 맞은편 자리에 앉으며 한정유를 바라봤다.

이상하긴 하다.

친구들이 왜 그렇게 난리를 피웠는지 이해가 될 만큼 지금 오빠의 모습은 제법 분위기가 있어 보였다.

하지만 곧 고개를 흔들었다.

그러면 뭐 해, 백수는 아무리 멋있어도 세상 천지에 쓸모가 하나도 없어.

"여긴 왜 왔어?"

"너 일하는 거 보려고."

"오빠, 돈 떨어졌니?"

"그런 거 아냐. 내가 그 정도로밖에 안 보여?"

"그 정도로 보이네요. 백수가 돈까지 없으면 서글퍼져. 얼마나 줄까?"

"이 자식아. 아니래도!"

"그럼 왜 온 거야. 심심해서 왔을 리는 없고. 빨리 말해. 나 일해야 돼."

"너무 놀았어. 3년 동안 놀았으면 충분하지. 너한테 백수 소리 듣는 것도 지겹고. 그래서 나도 취직할 생각이다."

"하아, 우리 오빠 왜 이러신대. 청년 실업이 백만이 넘었어요. 너무 놀다 보니까 노는 게 힘든 모양인데, 너무 큰소리치지 마. 취직이 그렇게 쉬운 줄 알아? 그래도 기특하긴 하네. 취직할 생각을 다 하는 걸 보니. 그래, 생각해 놓은 곳은 있어?"

"응."

"어딘데?"

"피닉스 길드."

한정유의 대답에 한미연의 입이 떡 벌어졌다.
너무 어이가 없어 차마 비웃지도 못했다.

피닉스 길드.

누구나 꿈꾸는 신의 직장.
길드에서도 탑3에 들어가는 거대 길드가 바로 피닉스였다.
더불어 직원 복지 면에서는 타의 추종을 불허할 정도이기 때문에 각성자 양성사관학교의 생도들이 꼽는 입사희망 1순위 길드였다.

"오빠야, 커피 다 마셨으면 그만 가라."
"응?"
"나 지금 슬슬 신경질 올라온다. 오빠 농담 받아줄 새가 없어요. 저기, 지배인이 눈치 주는 거 안 보여?"
"보여."
"그 농담 집에서 마저 하고, 이젠 가. 나 일해야 돼."

제3장

피닉스 길드

　각 길드는 동시에 입사 시험을 치렀다.

　당연히 한 길드에서 인재들을 전부 독식하는 걸 막기 위한 방편이었다.

　전국 각지에서 양성되는 각성자 양성사관학교 숫자는 50개.

　거기서 매년 2,000명의 생도들이 쏟아져 나온다.

　문제는 길드에서 뽑은 신입 길드원의 숫자가 양성되어 나오는 생도 숫자에 비해 터무니 없이 적다는 것이었다.

　기껏해야 100여 명 안팎.

　5년 동안 죽을 고생을 하면서 훈련에 매진한 생도들의 경쟁률만 따져도 20:1. 그러나 국내 최고의 길드인 탑3는 실제적으로 경쟁률이 50:1까지 치솟는다.

문제는 길드의 신입 사원 공채에 사관생도들 외에도 수천 명의 일반 각성자가 지원한다는 것이었다.

물론 대부분 떨거지들이지만 그렇지 않은 자들도 많다.

양성사관학교의 교수들은 대부분 각 길드의 마스터들과 골든 클래스의 각성자들이었기에 사관학교 생도들이 월등하게 유리한 건 사실이지만, 간혹가다 재야에서 뛰어난 능력을 지닌 자들이 나타나곤 했다.

*   *   *

한정유는 인터넷에서 상반기 길드 공채 시험 일정을 확인한 후 한숨을 흘려냈다.

동생에게 당장 취직 할 것처럼 말해놨는데 시험은 앞으로도 한 달이나 남아 있었기 때문이었다.

그냥 가서 채용하라면 안 될까?

길드가 원하는 건 어차피 강력한 힘을 지닌 각성자일 테니 충분히 통할 것도 같았다.

하지만, 한정유는 천천히 고개를 흔들고 한숨을 길게 내리 쉬었다.

여긴 그가 살았던 무림이 아니었고 이 세계의 법칙은 대단히 복잡해서 정상적인 절차를 밟아야 문제가 생기지 않는다고 하니 그저 기다릴 수밖에.

더군다나, 아직 그의 내공이 부족했다.

최대한 빨리 임독양맥을 뚫어야 한다는 생각에 오히려 한 달이란 시간이 반갑게 느껴지기도 했다.

이 세계는 시간이 빨리 흐르는 걸까, 아니면 자신이 수련에 집중하느라 시간의 흐름을 잊은 것일까.

한정유는 가족들이 전부 나간 방에 앉아 무극진기를 온몸으로 돌렸다.

단전이 점점 확장되면서 내공이 늘어나 주요 혈도를 거의 다 뚫었다.

이제 남은 것은 임독양맥을 관통시키는 것.

무극심법의 신묘함은 운용을 시작하면 스스로 움직여 전신을 관조해서 우주만물의 기운을 빨아들여 신체의 균형을 최적화시킨다는 것이었다.

단전에서 빠져나온 내공이 이미 개통된 혈도을 따라 한정유의 뜻에 따라 회음혈을 향해 진군했다.

무리를 했다면 벌써 예전에 임독양맥의 구성 혈도들을 깨뜨렸겠지만, 그리하지 않은 것은 자칫 주화입마에 들어설 수 있기 때문이다.

과는 화를 부른다.

임독양맥을 깨뜨리기 위해서는 그만한 내공이 뒷받침되어야 중간에서 멈추더라도 부작용이 생기지 않는다.

강력한 내공이 회음혈을 순식간에 깨버리고 점차 위로 솟구치기 시작했다.

기회, 중부, 중완, 천돌혈이 차례대로 관통되자 내공이 점점 거세졌다.

혈이 깨지면서 신체의 기운과 통로가 넓어졌기 때문이었다.

이제 임맥 중 남은 것은 염천과 승장혈뿐.

하지만, 한정유는 솟구치던 내공이 간신히 염천혈을 깨뜨리는 순간 내공을 단전으로 돌렸다.

본능적으로 안다.

자신의 내공은 아직 임맥의 마지막 목적지인 승장혈을 깨뜨릴 능력이 없다.

그랬기에 그는 내공을 단전으로 돌린 후 독맥의 경로에 있는 혈도들을 제압하기 시작했다.

명문, 현추, 중추, 아문, 풍부까지 거침없이 달려갔다.

혹자는 임독양맥의 타통이 거의 비슷한 난제를 가졌다고 알겠지만 임독양맥의 타통 핵심은 독맥에 위치한 뇌호, 강간, 후정, 백회혈을 뚫는 것이었다.

인간의 중추 기운이 그곳에 다 몰려 있었고 주화입마의 원천이 그곳에서 발생하기 때문에 무인들은 이 네 곳의 혈도를 일러

즉사혈이라 불렀다.

풍부까지 관통한 한정유는 뇌호를 향해 내공을 밀어붙였다.

가능할 것 같았다.

그리고 뇌호를 뚫게 되면 내공이 한 단계 진일보한다는 걸 알기에 무리를 해서라도 깨고 싶었다.

철벽처럼 막혀 있는 뇌호혈을 향해 무극진기가 끊임없이 부딪쳤다.

시간의 흐름을 잊었고 전신에서는 끝없이 땀이 흘러내렸다.

'콰앙!'

마치 화산이 폭발하듯 전신이 떨렸다.

그토록 강하게 버티던 뇌호혈에 균열이 가기 시작하더니 결국 무극진기의 힘을 견디지 못하고 무너졌다.

거대한 강물이 도도하게 흘렀다.

뇌호혈을 관통시킨 무극진기가 더 넓은 세상을 향해 용솟음치듯 달려 나갔다.

온몸에서 희미한 광채가 뿜어졌다.

양광이현(陽光二現).

내공이 단전에서 뇌호까지 관통하며 벌어지는 현상이었다.

이제 남은 것은 강간, 후정, 백회혈뿐이었으나 한정유는 천천히 내공을 거두어 단전으로 갈무리했다.

　임독양맥의 타통은 무리해서 되는 것이 아니라는 걸 그 누구
보다 잘 안다.

　뇌호혈을 관통시키면서 무극심법의 경지가 칠성에 달했다.

　이 정도면 이 세계에 어떤 놈들이 환생되어 있는지 모르지만,
그 누구와 붙어도 쉽게 지지 않을 자신이 있었다.

　자신에게는 천고의 신기 섬전십삼뢰(閃電十三雷)와 단천열화권
이 있기 때문이다.

　　　　　＊　　　　　＊　　　　　＊

　"이 자식아. 너, 너무한 거 아냐. 한번 만나자고 무려 20통이
나 전화질을 해야 돼?"

　"그동안 바빴다."

　"바쁘긴 뭐가 바빠. 백수가!"

　"원래 백수가 과로사한다잖아."

　"미친놈."

　김도철이 소주를 따라준 후 혀를 차며 아련한 눈으로 한정유
를 바라봤다.

　고등학교 때 사귀었으니 벌써 13년이나 된 친구다.

　다른 놈들은 한정유가 백수 생활을 할 때부터 하나씩 떠났고

교통사고로 입원한 후엔 아예 연락조차 끊었지만, 오직 김도철만
은 끝까지 그의 곁을 지켰다.

퇴원한 후에도 끊임없이 전화했고 계속해서 찾아왔다.

다른 친구들도 있을 텐데 놈은 언제나 자신을 잊지 않았다.

"도철아, 한 가지 물어보자."

"뭔데?"

"넌 왜 날 버리지 않은 거냐. 다른 놈들은 다 버렸는데."

"네가 쓰레기냐. 버리게. 이 새끼야. 우린 친구야. 더군다나, 너
는… 관두자."

김도철이 또다시 아련한 시선으로 바라봤다.

그 순간 한정유의 눈꼬리가 슬쩍 치켜올라 갔다.

뭔가 있구나. 자신도 기억하지 못했던 사연이. 그래서 이놈은
나를 끝까지 지키는 거였어.

물어보고 싶었으나 참았다.

어떤 이유로 자신의 곁에 남았는지 모르지만 그것으로 충분
했다.

김도철이 준 소주를 마시고 돼지갈비를 한입 물었다.

이 세계에서 그를 가장 기쁘게 만든 것은 음식들이었다.

특히 이 소주는 가격에 비해 상당히 훌륭했다.

주거니 받거니.

벌써 소주가 3병이나 동이 났지만, 한정유의 얼굴은 하나도 변하지 않았다.

백수가 술까지 잘 마시는 건 결코 바람직하지 않은 일이었으나, 몸이 가진 주량 자체가 상당해서 쉽게 취기가 올라오지 않았다.

하지만, 김도철은 달랐다.

붉어진 얼굴. 놈은 한정유와 달리 술이 그리 세지 않았다.

"이 새끼야. 다시 한번 물어보자. 너 백수 주제에 왜 그렇게 바쁜 거냐. 코빼기 보기가 하늘의 별 따기잖아."

"그동안 운동했어. 워낙 몸이 약해져서 회복할 필요가 있었거든."

"그래, 몸은 좋아졌어. 모델해도 될 정도로 훌륭하네. 그런데 취직은? 너 언제까지 그렇게 살래. 이젠 취직해서 돈을 벌어야 될거 아냐. 네 나이가 벌써 29살이다. 이 새끼야. 고생하시는 부모님 생각도 해야지!"

놈의 흥분에 저절로 입맛이 다셔졌다.

김도철이라 할 수 있는 말이다. 더군다나 자신을 위한 말이었으니 그저 조용히 고개를 끄덕였다.

"알아."

"아는 놈이 그렇게 사냐. 제발 정신 좀 차려!"
"그러지 않아도 취직하려고 입사원서 넣었다."
"허억, 정말로. 어딘데?"
"피닉스 길드."
"미친놈. 지랄 옆차기 하고 있네."

김도철의 반응은 여동생보다 더했다.
사람은 걱정한 만큼 격한 반응을 보인다고 했는데 놈은 아예
술병을 든 채 아직 정신 못 차렸다며 춤을 춰댔다.

                    *   *   *

을지로에 도착해서 역을 빠져나와 10분 정도 걷자 웅장한 건
물이 나타났다.

30층에 달하는 고층빌딩.
그 곳 전체가 피닉스 길드의 본사 사옥이었다.

시계를 힐긋 보자 오전 9시 30분을 가리켰다.
응시자는 10시까지 본사로 오라고 했으니 아직 30분이나 남
았지만, 벌써부터 사람들로 인산인해를 이루고 있었다.

정장 차림의 젊은이들.
그중에 상당수는 붉은 제복을 착용했고 왼쪽 손가락에 옥반

지를 겪는데 양성사관학교 출신들이었다.

날카로운 기세.

그들의 몸에서 흘러나오는 기세는 섬칫한 느낌을 받을 만큼 강렬했다.

천천히 걸어 시험장으로 향했다.

이번에 피닉스 길드에서 뽑는 신입 사원 인원은 불과 5명.

거기에 응시한 사람들의 숫자는 600명이었으니 120:1이다.

역대 최고.

언론에서는 이번 피닉스 길드의 응시생이 역대 최고를 기록했다며 대서특필했는데, 그 이유로 완벽한 복지를 들었다.

쉽게 생각하면 별일 아니라고 여기겠지만 응시자들의 특성을 감안한다면 고개가 끄덕여질 일이었다.

피닉스에 응시한 자들 중, 350명이 양성사관학교 출신이었고, 나머지 일반 응시자들도 훌륭한 능력을 갖춘 각성자들이기 때문이다.

시험장으로 들어서자 길게 늘어선 줄이 보였다.

접수를 한 후, 수험표를 받기 위한 줄이었다.

참 별짓을 다 한다.

천하를 일통하며 권좌에 올랐던 남자가 입사를 하기 위해 줄을 서다니 정말 한심한 일이다.

줄을 선 자들을 확인하던 한정유의 표정이 슬쩍 변했다.
내공을 가지고 있는 자들이 대부분이었다.
초고수의 반열에 이르면 내공이 갈무리되며 외부로 새어 나오
지 않지만 중, 하수들은 자신도 모르게 내공이 삐죽삐죽 튀어나
온다.
그것이 기세다.

한정유는 즉시 그것을 알아봤는데 그중 상당수는 내공과 전
혀 다른 기운이 감지되고 있었다.
뭐지, 저 힘은?
의문이 들었으나 더 생각하지 못했다.
바로 옆에 있던 여자가 말을 붙여왔기 때문이다.

"줄이 길어요. 접수하는 데만 10분 이상 걸리겠어요?"
"그렇군요."
"처음인가요. 시험 보는 거?"
"그렇습니다."
"사관학교 출신 아니시죠?"
"맞습니다. 전 일반 응시잡니다."
"반가워요. 우리 이것도 인연인데 인사나 해요. 전 윤정혜라고
해요."
"한정유입니다."

"미안하지만, 전 사관학교 졸업생이에요. 이번에 사관학교 졸업생 중 우수 인재들이 대거 몰려서 합격이 쉽지 않을 것 같아 걱정이에요."

그제야 여자의 외모가 눈에 들어왔다.
무공을 익혔는지 몸매가 좋았고, 더군다나 얼굴도 무척 아름다워 한 송이 수선화를 보는 것 같았다.

그럼에도 한정유는 슬쩍 눈을 돌렸다.
이번에 꼭 합격해야 된다.
고생하는 부모님과 동생이 편하게 살 수 있도록 반드시 합격해야 된다는 생각에 윤정혜에게 전혀 신경이 가지 않았다.
물론 가족들과 친구 놈은 아예 기대조차 갖지 않았지만.
그러나 윤정혜는 심심했던지 계속 말을 붙여왔다.

"이번 시험 전형은 필기 20%, 면접 20%, 실기 60%라네요. 작년보다 실기 비중이 10% 높아졌는데 준비는 많이 하셨어요?"
"안 했습니다. 기본 실력으로 볼 생각입니다."
"어머, 실력이 좋은가 봐요?"
"병원에서 퇴원한 지 얼마 안 됐거든요."
"어디 아팠던 모양이죠?"
"교통사고를 당해서 오랫동안 병원에 있었습니다."
"아, 그러셨구나."

윤정혜가 안타깝다는 시선을 보내며 입술을 오므렸다.

간혹 사관학교 출신이 아닌 자들 중에서도 출중한 실력을 지닌 자가 있었기에 윤정혜는 살짝 기대를 하고 있었다.

영화배우처럼 잘생긴 얼굴은 아니었으나 상당히 매력적인 사람이라 자신도 모르게 말을 붙였는데, 사정을 알고 나자 전혀 가능성이 없는 남자였다.

한정유에게 걱정을 늘어놨지만 자신은 이번 시험에서 붙을 자신이 있었다.

그녀는 청하사관학교에서 수석 졸업자였으며 전체로 따져도 탑10 안에 들어가는 인재였고, 환생되기 전에는 남궁세가의 비밀병기, 비검 남궁혜라는 이름을 지녔다.

환생한 지 벌써 10년. 그러고 보면 참 오랜 시간이 흘렀다.

물론 지금까지 그런 사실을 말한 적은 없으나 사관학교 생도들 사이에서는 공공연한 비밀이 존재했다.

사관생도의 대부분이 환생자이거나 초능력자라는 사실.

사관학교에서 5년이란 세월을 보냈지만 그 공공연한 비밀은 철칙처럼 깨지지 않았다.

그 누구도 묻지 않았고, 그 누구도 먼저 입을 열지 않았기 때문이다.

특별한 자들.

이 세계에서 말하는 각성자들은 대부분 어딘가에서 환생된

자들과 처음부터 초능력을 가지고 태어난 자들뿐이었다.

인간은 근본적으로 초인의 힘을 가질 수 없었는데 언제부턴가 각성자들이 나오기 시작했고, 그 대부분은 무림과 다른 세계의 환생자, 그리고 초능력자들이었다.

그렇다면, 이 남자는 환생자일까 초능력자일까?

*   *   *

접수대의 남자는 까만 터틀넥에 양복을 받쳐 입고 있었는데 인상이 꽤나 날카로웠다.

"이름?"

"한정유입니다."

"사관생도가 아니시네. 여기 접수 번호, 당신은 왼쪽으로 가시오."

시큰둥한 얼굴로 남자가 가리킨 곳.

그곳에는 수십 명의 남녀가 있었는데 전부 사관생도가 아니었다.

사관생도들은 자신의 신분을 상징하는 붉은 제복과 반지를 끼었으니 한눈에 알아볼 수 있었지만, 그곳에 있는 사람들은 전부 각양각색의 옷을 입고 있었다.

차별을 하는 거야?

단박에 그런 생각이 들었다.

물론 피닉스 길드에 입사 신청을 하면서 많을 것을 알아봤기 때문에 대부분의 합격자가 사관학교에서 나온다는 건 들어 알고 있었다.

그럼에도 시작부터 편을 갈라놓은 것을 보게 되자 입맛이 썼다.

예나 지금이나 하는 짓이 똑같다.

무림에서도 정파 놈들은 언제나 출신 문파와 그 성분을 보고 정의맹에 가입시키는 짓을 했으니, 이놈들이나 그놈들이나 별반 다를 게 없다는 생각이 들었다.

지루한 시간이 지난 후 먼저 시작한 것은 필기시험.

인터넷에서는 길드의 필기시험이 그저 형식적인 것일 뿐 합격은 실기로 정해진다고 했으나 한정유는 시험지를 앞에 두자 긴장할 수밖에 없었다.

필기가 있다는 것을 알았지만 주천화부를 관통하고 양광이현에 도달하느라 무극심법의 수련에만 집중했기 때문이다.

그럼에도 대충은 기출 문제들을 확인하고 왔다.

그러나 문제들의 내용은 생소한 것뿐이었다.

괴물의 종류와 약점, 처리 시의 후속 조치, 던전 발생 시의 대응방안, 길드원이 가져야 하는 책임감 등등 머리 복잡한 내용들이 한두 가지가 아니었다.

그래도 당당하게 집을 나섰다.

이가 없으면 잇몸으로 해결하면 된다.

자신이 있는 강당에 들어온 응시자의 숫자는 250명.

전부 사관학교 출신들이 아니다.

나이도 각양각색. 심지어 40대로 보이는 남자까지 왔다.

역시 예상대로 어렵다.

시험지를 보다가 15도 각도에서 열심히 문제를 풀고 있는 안경잡이의 모습이 눈에 들어왔다.

한눈에 봐도 모범생.

놈은 열심히 문제를 풀고 있었는데, 그 속도가 장난이 아니었다.

길드의 필기시험은 다른 일반 회사와 다르게 기본적인 상식을 묻는 것이기에 상당히 쉽다고 하더니 정말 그런 모양이다.

내공이 돌아오면서 가장 발달한 것이 눈이다.

고수의 동체 시력은 날아가는 모기의 궤적을 파악하고 선점할수 있을 정도로 날카롭다.

이거 생각보다 쉽군.

놈을 따라 볼펜을 움직여 정답을 체크해 나갔다.

이렇게 남의 것을 보고 베끼는 걸 여기 사람들은 뭐라고 그러던데?

　　　　　*　　　　　*　　　　　*

　필기시험에서는 평온했던 응시자들의 표정이 오후가 되자 점점 굳어지기 시작했다.
　실기시험이 오후 1시 30분부터 시작되기 때문이었다.

　밥은 구내식당에서 먹었는데 상당히 잘 나왔다.
　윤정혜가 다가온 것은 점심을 먹고 커피를 한 잔 뽑아 마시고 있을 때였다.
　커피란 게 참 이상하다.
　처음엔 써서 이런 걸 왜 먹는지 몰랐으나 점점 향긋한 향기가 입안에서 우러나와 이젠 중독이 되었다.

　"시험 잘 봤어요?"
　"대충."
　"하기야, 필기시험은 그냥 통과의례에 불과한 거니까. 실기가 진짜잖아요."
　"얼굴을 보니 그렇게 걱정하는 얼굴이 아니군요. 다른 사람들과 달리."
　"그럴 리가요. 여기 온 사람들을 봐요. 무려 600명이에요. 이 많은 사람들 중에 특별한 사람들이 한둘이겠어요?"
　"그렇기도 하겠네요."
　"내가 보니까 정유 씨가 더 여유 있어 보이는데요. 다른 사람들은 긴장해서 잔뜩 얼굴이 굳어져 있는데, 정유 씨는 전혀 그렇게 보이지 않아요."

"아침에 청심환을 먹고 와서 그렇습니다."

"호호… 농담도 잘하시네요."

웃는 그녀의 얼굴을 보면서 입술을 슬쩍 끌어 올렸다.

그녀의 웃음이 너무나 화사했기 때문이다.

"그런데 실기는 어떻게 봅니까?"

"어떻게 보다니요?"

"방법을 물어보는 겁니다."

"설마… 모르고 온 건 아니죠?"

"말씀드렸다시피 병원에서 퇴원한 지 얼마 안 되거든요."

어이없어하는 그녀의 모습을 보며 또다시 입맛을 다셨다.

반드시 합격해야 된다는 생각을 했지만 모집 요강에 대해서 제대로 알지 못했다.

이 세계에 온 지 1년이 되었기 때문에 일상적인 부분들은 대충 알았지만 전문적인 것까지는 무리가 있었다.

더군다나 모집 요강에 나온 얘기들은 전혀 알아들을 수 없는 것들이었는데, 스페이스 비전과 섹션 프로그램 어쩌고 하는 것들은 아예 이해조차 하지 못했다.

하지만, 그녀는 병원이라는 단어로 모든 걸 이해했다는 듯이 고개를 끄덕이고 상냥하게 설명하기 시작했다.

"사람들이 많아서 스페이스 비전에 10명씩 들어가요. 캡슐이 10개 준비되어 있으니 한꺼번에 100명이 시험을 볼 수 있는 거죠."

"음… 캡슐에 들어가면 어떻게 되는 겁니까?"

"가상현실인 스페이스 비전에서 괴물들이 출현하는 전장으로 들어가요. 거기서 괴물들을 많이 잡거나 오래 버티는 사람이 좋은 점수를 받아요. 결국 600명 중 가장 좋은 점수를 받은 5명이 합격을 하는 거죠."

"어떤 괴물이 나옵니까?"

"지금까지 던전을 통해 나왔던 괴물들이에요. 점점 난이도가 증가하기 때문에 작년 최고 점수 합격자는 45분을 버텼다고 해요. 정말 대단하죠."

"그게 대단한 겁니까?"

"그럼요, 대부분 응시자들이 채 10분도 버티지 못하고 탈락하거든요. 괴물들이 우글거리는 전장에서 혼자 45분을 버티는 건 기적이에요. 그래서 그 사람은 입사하자마자 3급 헌터 대우를 받았어요."

"더 버티면?"

"절대 그럴 리는 없어요. 작년 합격자가 10년 동안 최고 기록 보유자예요. 만약 그런 일이 생기면 난리가 나겠죠."

제4장

시험

"이번에 최대 응시자가 몰렸다고 언론에서 난리가 났던데 어때요?"

"꽤 좋아. 우리 쪽에 사관학교 우등생들이 대거 몰렸어. 탑 10 안에 있는 애들 중 3명이나 왔고. 그중 전체 수석한 마종현도 있어."

"복지 때문이라던데, 맞나요?"

"우리 회장님이 추진한 복지 전략이 이제 빛을 발하는 거겠지. 다른 놈들은 손해 볼까 봐 전혀 하지 못하는 걸 우리 회장님은 과감하게 하셨잖아."

1급 헌터이자 골든헌터 김두성이 밝게 웃으며 대답했다.

지금 옆으로 다가온 여자의 이름은 김가은.

그녀 역시 피닉스 길드가 아끼는 골든헌터이다.

그들이 스페이스 룸에 나타난 것은 그 둘이 시험을 주관하는 책임자였기 때문이다.

스페이스 룸에서는 응시자들의 시험 과정을 고스란히 볼 수 있었다.

"마종현이 꽤 한다면서요?"

"석종사관학교에서는 역대 최고의 천재라고 하더군. 5년 동안 내리 수석을 놓친 적이 없대."

"혹시 출신은?"

"무림 쪽이야. 위원회 분석으로는 양가장 쪽이란 판단을 내리고 있어."

"양가창법?"

"맞아."

"그렇다면 볼 만하겠네요. 또 다른 애들은요?"

"이태천과 윤정혜?"

"걔들이 탑10 맞죠?"

"윤정혜는 남궁가 쪽이 확실해. 이태천은 서 고문님 말에 따르면 마법 쪽의 테라 가문이 아닐까 하더군."

김두성의 말을 들은 김가은이 미소를 지었다.

누구는 무림이 중국에 있고, 마법세계는 중세시대 유럽에 있는 걸로 생각하지만, 그건 터무니없는 착각일 뿐이다.

무림은 그저 무림일 뿐이고, 마법의 세계도 이 세계와는 전혀 상관없는 차원에 존재하는 곳이었다.

"골고루 왔군요. 그게 좋아요. 한쪽으로 치우치면 균형이 맞지
않아요."

"그나저나 또 어떻게 버텨. 실기시험 전부 끝나려면 최소 4시
간은 걸릴 텐데."

"그렇게는 걸리지 않아요. 프로그램 난이도가 작년보다 더 어
려워져서 훨씬 줄어들 거예요."

"그런가?"

"오랜만에 편하게 영화 본다 생각하고 즐기자구요. 어린애들
노는 거 보는 것도 꽤 재밌잖아요."

"그게 뭐가 재밌어. 초등학생들이 딱지놀이 하는 걸 몇 시간
이나 보는 게 좋아? 어차피 합격할 놈들은 정해져 있는데?"

"그래도 혹시 모르잖아요. 누가 알아요. 혜성처럼 나타나 우
리를 즐겁게 만들어줄 응시자가 있을지?"

         *   *   *

한정유는 뒤늦게 자신의 실수를 눈치채고 한숨을 흘려냈다.

혹시 필요할지 모른다는 생각을 했지만 칼을 구하는 건 쉬운
일이 아니라 그냥 왔는데, 모든 응시자들이 자신의 독문병기들
을 소중하게 품고 있는 걸 보자 아쉬움이 묻어났다.

사고는 싫었다.

하지만, 병기를 파는 스토어에 갔다가 그냥 돌아왔다.

쓸 만한 칼들은 무려 300만 원이 넘었고 자신의 내공을 견딜 만한 칼은 가뿐하게 천만 원이 넘었다.

강철 합금으로 만들어졌다는데, 무림에서의 보도와 견줄 만한 훌륭한 칼들이 여러 개 전시되어 있으나 살 생각은 꿈에도 생각지 못했다.

백수가 그런 돈이 있을 리 있나.

그럼에도 아쉽다.

자신의 독문무공 섬전십삼뢰(閃電十三雷)는 적수를 찾아볼 수 없는 천하제일의 도법이었다.

천하를 석권하면서 정의맹주와 사도련주를 꺾은 것도 섬전십삼뢰의 마지막 절초 천붕이었다.

물론 단천열화권의 위력 또한 경천동지할 정도였으나 아무래도 괴물들을 상대하기엔 섬전십삼뢰가 더욱 효율적이란 판단이 들었다.

하지만, 곧 고개를 흔들고 어깨를 곧추세웠다.

남자는 이미 엎질러진 것에 대해 후회하지 않는 법이다.

사람들을 따라 천천히 움직여 광장의 중심으로 움직였다.

광장에는 3m에 달하는 와이드비전이 10개나 설치되어 있었는데 응시자들의 시험 장면을 볼 수 있도록 되어 있었다.

흘러넘치는 긴장감.

이제 곧 시험이 시작되기 때문에 캡슐 안에는 100명의 응시생들이 대기하고 있는 중이었다.

*　　　　*　　　　*

"작년보단 괜찮네요."

"그러면 뭐 해. 10분을 넘기는 놈이 없잖아. 아이고, 저놈은 눈여겨보고 있었는데 결국 죽었군."

김두성이 입맛을 다시며 혀를 찼다.

괴물 파이탄의 무차별적인 공격에 사관생도의 온몸이 찢겨 날아가는 게 보였기 때문이다.

"이제부터가 진짜잖아요. 우리 기대주들은 아직 한 명도 출전하지 않았는데 벌써부터 실망하면 어떻게 해요."

"하긴, 가만 있어보자. 다음이 서진호가 출전하네. 이놈이 우리가 주목하는 기대주 중 하나지. 얘는 얼마나 버틸라나."

그들의 눈은 사관생도들이 출전하는 곳에 고정되어 있었다.

일반 응시자들은 예상대로 초반 5분 안에 거의 전멸했기 때문인데, 그나마 사관생도들이 출전하는 전장이 훨씬 격렬하고 재미있어 시간이 지나자 아예 일반 응시자들이 출전하는 비전은 신경조차 쓰지 않았다.

드디어 서진호가 출전하는 캡슐의 문이 열리자 두 사람의 시선이 일제히 집중되었다.

서진호는 대창사관학교에서 수석으로 졸업한 놈이다.

이번 사관학교 졸업생 중 탑10 안에 들지 못했지만, 상당한 기량을 가지고 있어 기대주로 손꼽히고 있었다.

가상현실로 진행되는 스페이션 비전 프로그램은 실제의 싸움을 그대로 옮겨놓은 것처럼 생생한 영상을 전해주기 때문에 그 생동감이 대단했다.

가동 시작.

역시 기대주답다.

마법 쪽에서 온 것으로 추측되는 서진호가 양손에서 파이어 볼트를 뿜어내며 거침없이 전장을 내달리기 시작했다.

맨 처음 덤벼든 9등급 괴물 구홀들이 그의 파이어 볼트에 속절없이 날아갔다.

속도가 다르다.

다른 응시자들이 그를 따르기 위해 안간힘을 썼지만 그는 훨씬 빠른 속도로 전장을 가로지르고 있었다.

합격의 기준이 괴물들의 처단 숫자와 이동 거리, 지속 시간이었기에 그는 처음부터 최선을 다하는 것 같았다.

하지만 그 속도는 8등급 괴물 키메라들이 나타나며 현저하게 줄어들기 시작했다.

구홀들은 각성자라면 누구나 상대할 수 있을 정도로 약한 괴물이었지만 키메라들의 방어력은 구홀과 비교하지 못할 정도로 강했기 때문이다.

더불어 키메라는 거대한 이빨과 발톱을 지녀 쉽게 처리할 수 있는 괴물이 아니었다.

키메라의 포위 공격에 서진호가 이리저리 이동하며 겨우 빠져나갔다.

하지만 얼마 못 가 다시 발걸음이 멈추었다.

이번에 그를 가로막은 건 3마리의 파이탄.

7등급 괴물로서 2m에 달하는 체구를 지녔고, 철갑 같은 갑옷과 촉수를 지녀, 기존 길드원조차 상대하기 어려운 존재였다.

서진호가 파이탄에 걸려 고전을 못하는 순간, 2명의 사관생도들이 따라붙었다.

그러자 개인당 3마리의 파이탄이 다시 생성되며 그들을 공격했다.

프로그램이 참 정교하다.

일정한 거리에 도착하면 그에 맞춰 괴물들이 생성되게 만들어진 것 같았다.

2명의 사관생도들은 파이탄의 공격에 채 5분을 견디지 못하고 쓰러졌지만 서진호는 파이탄의 약점인 눈을 파이어 볼트로 집중 공략해서 기어코 3마리를 처치했다.

하지만 그게 다였다.

동료의 죽음에 광분한 마지막 파이탄이 죽는 순간 그의 몸을 껴안고 머리를 물어뜯었던 것이다.

*　　　　*　　　　*

정말 이걸 계속 보고 있어야 하나.

벌써 실기가 시작한 지 2시간째.

500명이 캡슐로 들어가 시험을 보고 나왔으나 최고 점수를 얻은 자가 겨우 78점밖에 되지 않았다.

그 점수가 어떻게 계산되는지 모르겠으나 100점 만점에 78점이라면 결코 좋은 점수라 볼 수 없었다.

캡슐에서 나오는 응시자들의 불만은 극에 달해 있었다.

작년보다 난이도가 너무 높아졌다는 불만이었는데, 그 소리를 들으며 웃고 말았다.

난이도가 높아졌다 해도 결국은 모두에게 공평한 것이었으니 불만을 터뜨릴 이유가 없다.

결국 그들의 불만은 시험에 실패한 것에 대한 핑계에 불과했다.

이제 남은 건 자신이 포함된 마지막 응시자 100명뿐이다.

그리고, 대부분의 합격 예상자들은 이곳에 포함되어 있었다.

"다녀올게요. 정유 씨도 잘하세요."

"잘하시길."

"그런데 오늘 저녁에 뭐 해요?"

"왜 그러십니까?"

"그동안 시험 준비하느라 스트레스 만땅이거든요. 그래서 오늘은 꼭 술 한잔이 필요해요. 어때요, 만난 기념으로 같이 마실래요?"

왜라고 물을 필요가 있을까.

여자가 남자에게 술을 마시자고 한다는 건 다른 뜻이 있을 수가 없다.

"그러죠."

*   *   *

캡슐 안으로 들어서자 진행 요원이 선글라스처럼 생긴 안경을 주었다.

그걸 써야 프로그램 안으로 들어갈 수 있다는 걸 와이드비전을 통해 알고 있었기에 아무 말 없이 받아들고 썼다.

대단하다.

안경 하나 썼다고 주위가 온통 밀림으로 바뀐다니 정말 대단한 기술력이다.

밖에서 본 것과 달리 캡슐의 규모는 엄청 컸다.

10명의 응시자는 5m 간격으로 배치된 타원형 홀로그램 안으로 배정되었는데, 그곳에서 벗어나지 못하게 되어 있었다.

귀를 통해 진행자의 음성이 들려온 것은 밀림 저쪽에서 괴물들의 숨소리가 감지되었을 때였다.

　"이번이 마지막 조군요. 몇 가지 주의 사항을 알려 드리겠습니다. 아무리 위험해도 지급된 안경을 벗으면 안 됩니다. 그리고 홀로그램을 절대 벗어나지 마십시오. 안경을 벗거나 홀로그램을 벗어나는 순간 자동 탈락이 된다는 걸 명심해 주세요. 대신 중간에서 포기하고 싶은 사람은 조용하게 안경을 벗고 손을 들면 됩니다. 자, 그럼 전장으로 투입을 시작합니다. 건투하시길."

＊　　　　＊　　　　＊

　"이제 진짜네."
　"그렇지. 진짜들은 여기에 다 모여 있으니 재밌을 거예요."
　"마지막 5단계까지 가는 애들이 있을까?"
　"마종현이나 이태천, 윤정혜는 무사히 도착할 수 있을 거예요. 문제는 걔들이 스켈레톤을 뚫을 수 있느냐는 거죠."
　"작년 최고 점수로 입사한 이병웅도 스켈레톤에 갇혀서 버티다가 결국은 죽임을 당했지. 그래도 대단했잖아. 무려 45분을 버텼으니."
　"정말 흥미로워요. 마종현도 이병웅 못지않다고 하던데, 나머지 애들도 만만치 않고. 혹시 다른 특이한 친구들은 없나요?"
　"모르지, 이번 조에 강한 놈들이 다 몰려 있으니까 툭 튀어나오는 놈들도 있지 않겠어?"

"하여간, 그 말투 언제 바꿀래요. 남자가 항상 그런 식이야."

"신중한 거라고 좋게 봐줘."

김두성이 빙그레 웃으며 스크린으로 시선을 돌렸다.

마지막 조 100명이 긴장된 모습으로 출전 준비를 하고 있었기 때문이다.

그런 그의 시선이 묘하게 빛난 건 한정유를 확인한 후였다.

"저놈은 뭐야. 왜 무기가 없어?"

"무기가 없어요?"

"쟤 봐. 빈손이잖아. 저 자식 뭐지?"

"웃기네. 시험 보러 오면서 무기도 안 가져오는 게 어딨어. 이름이… 아, 한정유네."

"얘가 한정유야? 필기시험 꼴찌한 놈?"

"공동 꼴찌죠. 필기시험을 25점 받았네요. 애들 뭐죠. 그냥 찍어도 그 점수는 받겠다. 이거 역대 최저점 아니에요?"

"이것들 서로 보고 썼나?"

"화면 띄워봐요."

김가은이 흥미가 잔뜩 돋은 얼굴로 재촉했다.

그야말로 필기시험은 그저 통과의례로 아주 기본적인 것들을 묻는 수준이었다.

어차피 실기에서 합격자가 결정되기 때문에 기본 소양을 물어보는 것에 지나지 않았던 것이다.

김두성이 그녀의 재촉에 화면을 바꾸어 필기시험 보는 동영상을 스크린에 올렸다.

얼마 지나지 않아 김가은이 배꼽을 잡고 웃기 시작했다.

한정유가 사각에 위치한 놈의 답안지를 보고 있는 게 화면을 통해 고스란히 노출되었기 때문이다.

"쯧쯧⋯⋯. 하필 베껴도 저런 놈 걸 봤어. 저놈 참 재수도 없다. 안 그래?"

"호호호⋯⋯. 크큭. 아이고, 배 아파."

"그만해, 요원들 보잖아. 우리 모습도 찍힌다고."

"알았어요. 크크큭."

"쟨 아무래도 그냥 놀러 온 건가 봐. 아니면 미친놈이든가."

*　　　　*　　　　*

한정유는 밀림에 들어서는 순간 정신없이 뛰어나가는 응시자들을 바라보며 천천히 앞으로 걸어 나갔다.

밖에서 본 결과, 서두를 이유가 없었다.

어차피 이 시험은 마지막까지 생존해서 얼마나 멀리 가느냐가 가장 커다란 점수를 받는다.

그럼에도 응시자들이 서두르는 것은 남들보다 먼저 가야 된다는 강박감과 자신의 실력에 대한 자신감이 부족했기 때문이다.

처음에 나타난 구홀은 1m 정도 크기에 불과했으나 온몸에 고슴도치처럼 가시가 달린 놈이었다.

놈은 그 가시로 충분히 사람들을 위협할 만했다.

가볍게 통과했다.

다가온 구홀의 약점은 안면.

구태여 전신에 달린 가시를 공격할 필요가 없었다.

다른 응시자들이 악을 쓰며 무기를 휘둘러 가시로 덮인 가죽을 찢어대는 건 주먹만 한 얼굴을 공격하기가 어렵기 때문이었다.

하지만 구홀은 한정유가 펼친 단천열화권에 피곤죽이 되어 날아갔다.

닥치는 대로 때려잡고 앞으로 전진했다.

대부분의 응시자들은 이미 구홀의 숲을 통과해서 키메라가 포진한 2단계 밀림까지 전진한 상태였다.

자신의 구역으로 향했다.

푸른 선.

프로그램은 자신이 움직여야 하는 방향을 푸른 화살로 가리키고 있었기에 한정유는 빠른 걸음으로 키메라를 향해 다가갔다.

자신의 구역을 가로막고 있는 키메라의 숫자는 일곱.

왜 대부분의 응시자들이 여기서 탈락했는지 알 수 있었다.

거대한 이빨과 발톱 공격은 스크린에서 보는 것과 달리 훨씬 빠르고 강력했다.

더불어 지능이 있는 것처럼 포위 공격을 했는데 사방에서 협공을 가해오는 건 기본이었다.

근접 박투에 가장 위력적인 현천보를 펼쳐 놈들의 공격을 무력화시키고 단천열화권으로 놈들의 목을 집중 공격했다.

고수는 본능적으로 적의 약점을 파악하는 능력이 있다.

더불어 바깥에서 줄곧 지켜봤기 때문에 키메라의 약점이 목이라는 것을 이미 알고 있었다.

꽤액…… 꽥… 꽥.

순식간에 키메라의 협공을 피해 권과 슬격을 터뜨리자 돼지 멱따는 소리가 흘러나왔다.

공격을 받은 키메라는 비틀거리며 전권에서 벗어났는데, 치명적인 충격을 받았는지 더 이상 덤벼오지 못했다.

남은 키메라의 숫자는 넷.

한정유는 서두르지 않았다.

그러자 더욱 광포하게 덤벼오는 키메라였다.

"역시 괴물이군. 대충 상대가 안 되는 걸 알면 도망가야지!"

한정유가 웃었다.

그런 후 오른쪽에서 덤벼온 놈부터 차례대로 주먹을 먹여주었다.

제1초 격(擊).

움직임을 완벽하게 제어하고 허공을 점하며 타격하는 수법.

내공을 극으로 담아 시전하면 그 살상 범위가 최소 일 장까지 확대된다.

내공을 담지 않았음에도 단천열화권에 당한 키메라는 이전에 당한 놈들과 달리 아예 바닥에 쭉 뻗어버렸다.

쓰러진 키메라들을 힐긋 바라본 한정유가 발걸음을 돌렸다.

멀지 않은 곳에서 3마리의 파이톤이 자신을 노려보며 기다리고 있었다.

*   *   *

"어머, 어머. 애들 대단하네. 키메라까지 뚫는 데 불과 7분, 파이톤을 뚫는 데 10분밖에 걸리지 않았어요. 지금까지 나온 애들 중에 가장 빨라요. 작년에 이병웅도 이 정도는 아니었다고요."

"진정해. 진짜는 살라멘더부터니까."

"그래도 속도가 장난 아니잖아요. 다른 애들은 아직도 키메라에서 헤매는데 벌써 파이톤을 통과했어요."

"이거 정말 흥미진진해지는걸. 어디보자 살라멘더를 어떻게 요리하는지 볼까?"

김두성의 눈이 화면에 고정된 채 움직이지 않았다.

마종현과 이태천, 윤정혜의 앞으로 각각 2마리의 살라멘더가 어슬렁거리며 다가오고 있었기 때문이다.

　육중한 체구로 인해 움직임이 둔하다.

　하지만 한번 탄력을 받으면 그 속도가 어떤 괴물보다 빠른데,
무엇보다 중요한 건 놈의 몸에 나 있는 뿔들이 비수처럼 날아서
적을 공격한다는 것이었다.

　갑주에 달린 삼각뿔들은 셀 수 없이 많았는데, 한꺼번에 최대
20개씩 공격이 가능했다.

　더불어 쉽사리 깨지지 않는 가죽.

　놈들의 가죽은 웬만한 무기 가지고는 상처조차 내지 못할 만
큼 대단한 방어력을 지녔다.

　김두성과 김가은이 꿀꺽 침을 삼켰다.

　자신들의 능력으로 살라멘더를 언제든지 처리할 수 있으나 막
상 응시자들이 그 앞에 서자 긴장감이 스물거리며 올라왔다.

　약자들이 강한 괴물과 싸우는 걸 지켜보는 건 자신들이 싸우
는 것과 전혀 다른 긴장감을 만들어냈다.

　점점 그들의 눈이 커졌다.

　좋은 실력을 가졌다고 이미 알고 있지만 마종현과 이태천, 윤
정혜의 실력은 자신들의 추측 범위를 넘어서고 있었다.

　워낙 흉포했기 때문에 고전을 면치 못할 것이라 예상했는데
세 사람은 살라멘더를 상대로 대등한 싸움을 벌이는 중이었다.

　각각의 병기가 다르고 비기가 달랐으나 공통점은 하나.

그들은 모두 이미 노출되어 있는 살라멘더의 배를 집중 공략하고 있었는데, 그 위력에 괴물들이 수시로 공격을 멈춘 채 비틀거렸다.

"우와, 대박. 얘들 진짜네. 이번 피닉스 길드가 좋은 인재들을 얻겠는데요."

"우리도 보너스 좀 받겠다. 저런 좋은 인재들이 들어왔으니 회장님이 좋아하겠어."

"우겨야죠. 달라고. 우리가 이번 시험을 준비하면서 얼마나 고생했는데요."

"가은 씨, 좀 뻔뻔하잖아. 내가 다 얼굴이 붉어지네."

"보너스를 받는데 뻔뻔한 게 대수겠어요. 보너스 받으면 차 바꿔야지. 새로 나온 차들이 예쁜 게 많다던데."

"휴우… 조금 더 기다려 봐. 스켈레톤이 남았어. 우린 마지막에 나올 비참한 장면을 봐야 한다고."

"난 안 볼 거야. 비록 화면이라도 사람이 죽는 건 정말 보기 싫어. 더군다나 쟤들은 한 식구가 될 텐데 죽는 걸 보면 마주칠 때마다 생각나잖아요!"

*   *   *

한정유는 3마리의 파이튼을 박살 내고 또 앞으로 나갔다.

이미 그와 함께 들어와 미친 듯이 앞으로 튀어나갔던 놈들은 전부 죽고 오직 그만 남은 상태였다.

2마리의 살라멘더.

이놈들은 처음 본다.

밖에서 응시자들의 시험 과정을 계속 지켜봤지만 이곳까지 온 놈들이 없었기 때문에 살라멘더에 대한 사전 지식이 아무것도 없었다.

육중한 체구.

거기에 고슴도치처럼 삐져나온 가시들.

가시가 맞나?

가시라기보단 뿔에 가깝다. 그만큼 굵고 컸으니까.

자신의 주먹이 무쇠처럼 단단해도 저렇게 날카로운 뿔들을 때릴 생각을 하니 주먹한테 미안해졌다.

그럼에도 한정유는 거침없이 살라멘더를 향해 다가갔다.

처음에는 황소처럼 어기적거리던 놈들이 한정유가 다가서자 발동을 걸듯 뒷다리로 땅을 차더니 움직이기 시작했다.

단천열화권의 제2초식 혼(魂).

적의 숨통을 끊어놓기 전, 적의 대적 의지를 박살 내는 강맹한 권격.

순식간에 쏟아져 나와 전신을 타격하는 혼(魂)이 양쪽에서 덤비는 살라멘더의 전신을 두들겼다.

두들긴 놈들의 몸통이 마치 강철 같았다.

더불어 뿔들이 가득 덮여 있어 오히려 주먹이 은은하게 아파 왔다.

가급적 내공을 쓰지 않으려 했는데 애들이 날 열받게 만드네.

무극진기를 돌렸다.

그런 후 다시 전면에서 돌진해 오는 살라멘더를 향해 두 주먹을 말아 쥐었다.

*   *   *

김가은과 김두성은 정신이 홀딱 빠진 상태에서 세 사람의 결투를 지켜보고 있었다.

정말 흥미진진해서 미칠 것만 같았다.

각자가 펼치는 무공과 마법의 위력이 너무나 훌륭해서 저절로 입이 벌어졌다.

이런 애들이 사관학교에서 썩고 있었다니 정말 믿겨지지 않을 정도로 대단한 능력을 보여주고 있었다.

그들과 상대하고 있는 살라멘더들은 이미 망신창이가 되어 연신 비틀거리고 있었는데 금방 쓰러질 것 같았다.

이제 마무리만 남았다.

그러면 세 사람은 피닉스 길드에서 준비한 마지막 관문, 스켈레톤과 마주하게 될 것이다.

침을 꿀꺽 삼키며 그 장면을 기다렸다.

입사 시험에서 이런 광경을 볼 수 있다는 건 커다란 행운이었으니 한동안 동료들에게 자랑할 일이었다.

그때 모니터를 보면서 시험을 진행하던 요원이 벌떡 일어나면서 급한 걸음으로 두 사람을 향해 뛰어왔다.

그는 무척 놀란 눈을 하고 있었는데 목소리가 덜덜 떨려나오고 있었다.

"팀장님, 아무래도 이쪽을 좀 보셔야 할 것 같습니다!"

요원의 음성을 들은 김두성이 얼굴을 찡그렸다.

신성한 관제실에서 소리를 지르는 건 결코 용납될 일이 아니었다.

그랬기에 김두성은 굳어진 얼굴로 요원의 얼굴을 바라보며 노기에 찬 음성을 흘려냈다.

"뭐야. 왜 소란을 피워!"

"팀장님, 일반 응시자 쪽에서 살라멘더를 격파한 자가 나타났습니다."

"뭐라고!"

요원의 말에 김가은과 김두성이 동시에 자리에서 벌떡 일어났다.

그런 후 믿기지 않은 얼굴로 화면을 바라보며 소리를 질렀다.

"어디야?"

"5번 캡슐입니다."

급히 채널을 돌렸다.

물론 전체를 모니터할 수 있도록 작은 화면들이 있었지만 김두성이 5번이란 단추를 누르자 벽에 걸려 있던 대형 화면이 바뀌며 새로운 스크린이 나타났다.

거기에 익숙한 사람의 모습이 나타났다.

피떡으로 변한 살라멘더.

그리고 당당하게 서 있는 인물. 바로 컨닝을 해서 필기 최저점수를 받은 한정유였다.

"도대체 이게… 어떻게 된 거야?"

"화면을 돌려 보십시오. 저 사람은 두 주먹으로 살라멘더를 때려잡았습니다."

"그런 말도 안 되는……."

도저히 믿기지 않은 얼굴.

세상에 어떤 놈이 살라멘더를 주먹만으로 때려잡아!

그런 얼굴이다.

물론 골든헌터 중에 권을 쓰는 자들은 충분히 그런 능력이 있다.

하지만, 여기에 있는 놈들은 이제 막 입사하려는 신출내기들이잖은가.

요원의 말에 김두성이 녹화된 화면을 뒤쪽으로 돌렸다.

그런 후 한정유의 싸움을 바라보며 점점 입을 벌렸다.

그건 김가은도 마찬가지였다.

"권에 내공이 담겼어. 마지막 이거 보여?"

"봤어요. 무려 10㎝나 간격이 있네요. 대단한 내공이에요!"

"어쩐지 무기 없이 왔더라. 저런 실력이 있으니까 그랬던 거구나."

"저 권법은 뭘까요? 눈에 보이지도 않잖아요."

연속되는 감탄.

두 사람의 입에서는 한정유가 보여준 권의 흐름을 따라다니며 연신 감탄이 새어 나오고 있었다.

오죽하면 살라멘더에 작렬하는 타격을 다시 확인하느라 리와인드 버튼이 쉴 새 없이 움직였다.

"오빠, 이젠 그만해요. 저 사람 스켈레톤한테 갔어요. 그걸… 그걸 봐야 해요."

"아 참, 그렇지."

김가은의 외침에 김두성이 그제야 충격에서 벗어났는지 급히 버튼을 조작해서 화면을 바꿨다.

마침 한정유가 마지막 관문인 5마리의 스켈레톤이 버티고 있는 광야에 들어서고 있었다.

한정유는 벌판에 서 있는 스켈레톤을 본 후 가볍게 고개를 까딱거렸다.

덩치는 오히려 살라멘더보다 작다.

특이점은 한눈에 봐도 강해 보이는 철갑이 전신에 둘러싸여 있는 것뿐.

살라멘더는 싸우는 도중에 뿔을 비수처럼 날려 그를 당황시켰다.

전혀 상상조차 하지 못했던 일.

만약 뿔에 맞았다면 이 자리에 서 있을 수조차 없었을 것이다.

저것들이 뒤에 나왔다면 살라멘더보다 더 강하다는 뜻인데, 뭘 가지고 있을까?

괴물마다 워낙 특이한 공격력이 있으니 궁금증이 마구 올라왔다.

두려움 때문이 아니다.

새로운 것을 본 호기심일 뿐.

서두르지 않고 천천히 다가가 앞에 섰을 때야 놈들의 눈이 붉은 빛으로 가득 차 있는 게 보였다.

"뜨거운 콧김 뿜어내지 말고 덤벼. 오랫동안 움직였더니 슬슬 배고파."

경계하듯 자신을 노려보는 스켈레톤을 향해 소리 지른 한정
유가 빙긋 웃었다.

자신이 말해 놓고도 웃긴다.

말귀도 알아듣지 못하는 괴물들한테 덤비라고 소리쳤으니 자
신도 슬슬 미쳐가고 있나 보다.

하긴 그렇기도 하다.

괴물들이 판치는 세상인데 제정신인 게 오히려 더 이상한 거
지.

그래도 그 도발이 통했나.

진형을 갖춘 채 자신을 노려보던 놈들이 천천히 다가왔다.

마치 맛있는 먹이를 노리는 맹수처럼 스켈레톤의 행동에는 여
유가 흘러넘쳤다.

달려 나가는 속도 그대로 칠권이 날아갔다.

목표는 중앙에 있는 두 놈.

한정유에게서 시전된 혼(魂)이 순식간에 두 놈을 가격하고 뒤
로 빠져나왔다.

그 순간 천천히 움직이던 스켈레톤의 신형이 지면을 차고 날
아올랐다.

날아, 괴물이?

도대체 뭐로 나는 거야.

급히 현천보를 이용해서 몸을 피하며 놈들의 몸뚱이를 살폈다.

어느새 양쪽으로 퍼진 지느러미, 크기는 1m 남짓.

평소에는 가죽에 붙어 있다가 공격을 할 때마다 펼쳐지는 것 같았다.

스켈레톤의 공격을 피하며 뒤로 물러났다.

창처럼 날카로운 발톱이 허공을 격하고 정신없이 공격을 해왔다.

마치 무림의 고수들에게 협공을 당하는 기분.

이래서 스켈레톤을 뒤에 배치시킨 거구나.

하지만, 그 정도가 다라면 너희들은 나를 어쩌지 못해.

놈들의 공격을 피한 후 본격적으로 공격을 시작했다.

워낙 강력한 공격을 여러 놈이 펼쳤기 때문에 처음부터 내공을 썼다.

제3초식 추(鎚).

한정유의 주먹에 은은한 빛무리가 맺혔다가 공격을 한 후 빠져나가는 스켈레톤의 몸통을 향해 날아갔다.

콰앙!

공격에 적중된 스켈레톤이 공중에서 추락하며 땅바닥에 처박

했다가 비틀거리며 일어났다.

하지만 균형을 잡지 못한다. 그만큼 충격이 컸다는 뜻이다.

나머지 스켈레톤의 입에서 괴음이 터진 것은 한정유로 인해 한 놈이 전권에서 벗어나 비틀거리고 있을 때였다.

허억!

뭐야, 또 이건.

다시 솟구친 놈들의 입에서 불꽃덩어리가 튀어나왔다.

소스라치게 놀라며 몸을 뒤로 눕혀 간신히 피한 후 정신없이 현천보를 운용했다.

네 마리가 펼치는 불꽃덩어리의 공격에 벌판이 순식간에 난장판으로 변했다.

이건 장난이 아니다.

손바닥만 한 불덩어리는 환상이 아니라 실체처럼 한정유의 몸을 노리며 미친 듯이 솟아져 내렸다.

이리저리 피하던 한정유의 입꼬리가 바짝 올라갔다.

내공을 더 끌어 올려 3성을 담았다.

그런 후 불덩어리를 뿜어내며 접근하는 두 마리의 스켈레톤을 향해 마주 뛰어올랐다.

제4초식 광(光).

내가 이것까지 보여주진 않으려고 했는데 말이야.

너희들 불덩어리 잘 구경했어.

하지만 나도 그런 거 있다.

한정유의 주먹이 여래의 손처럼 변하며 사방을 휩쓸었다.

권에 담긴 기의 응집.

무림인들은 이걸 보고 권기라 말한다.

비록 전력을 다하지 않았지만 그것만으로도 스켈레톤을 박살
내기엔 충분했다.

접근하던 스켈레톤이 불덩어리를 뿜어내던 입에서 비명을 토
하며 뒤로 튕겨 나갔다.

압도적인 힘.

칼이 있었다면 이런 놈들은 순식간에 처리했을 텐데, 그 덕분
에 훨씬 많이 움직여야 했다.

남아 있던 스켈레톤의 흉포함은 극에 달했다.

동료들이 피떡이 되어 날아가자 나머지 놈들은 끝장을 보겠다
는 듯 한정유를 포위한 채 불덩어리를 뿜어내며 돌진해 왔다.

그게 내가 바라던 것이었어.

슬금슬금 도망가면 쫓아가느라 힘들었을 텐데 이렇게 한꺼번
에 와주니 고맙다.

*   *   *

한정유의 싸움을 지켜보던 김가은과 김두성은 입을 벌린 채 움직이지 않았다.

대화조차 없다.

얼마나 정신없이 화면을 바라봤는지 옆에서 누가 찔러도 모를 지경이었다.

그러던 한순간 김가은이 벌떡 자리에서 일어났다.

두 마리의 스켈레톤이 피떡이 되어 뒤로 나가떨어지는 장면을 본 후였다.

"우와… 훅, 훅."

설마설마했다.

처음 한 마리의 스켈레톤이 타격을 받고 전권에서 벗어났을 때만 해도 본격적인 공격이 시작되기 전이었기에 충분히 있을 수 있는 일이라 생각했다.

버티는 게 오히려 이상하다.

스켈레톤의 불덩어리 공격은 웬만한 3급 헌터도 견디지 못할 정도로 강력했기 때문이다.

하지만 한정유의 행동은 귀신을 보는 것 같았다.

어떻게 저런 각도로, 방향으로 빠져나갈 수 있을까.

스켈레톤의 공격들은 한정유의 보법에 허무하게 땅바닥만 때 릴 뿐이었다.

그리고 터지기 시작한 반격.

무시무시한 주먹.

이전에 살라멘더와 상대한 건 장난에 불과했다.

그토록 강하다는 스켈레톤의 몸뚱이가 박살이 나며 날아갔다.

순식간에 끝난 싸움.

5마리의 스켈레톤을 이긴 자가 나타나다니.

정말 믿겨지지 않는 일이 생겼다.

"오빠, 국장님 오시라고 해야 되지 않을까요?"

"너무 늦었어. 다 끝났는데 이제 와서 오시라고 하면 뭐해."

"그래도."

"잔소리는 듣겠지만 나중에 자료 챙겨서 보고하자고. 누가 저런 놈이 나타날 줄 알았겠어."

"국장님 방방 뜨시겠네."

김가은이 화면에서 시선을 떼지 못한 채 중얼거렸다.

괜히 가슴이 벌렁거리고 온전히 서 있지 못할 정도의 충격적이라 아무런 생각도 나지 않았다.

우뚝 서서 벌판을 바라보고 있는 남자.

필기시험 최저점을 받은 걸 알았을 땐 그렇게 웃겨 보이던 남자가 쓰러져 있는 스켈레톤을 뒤로하고 우뚝 선 채 오연하게 서 있자 전혀 다른 사람으로 보였다.

저 남자, 정말 괜찮은데?

제5장

면접

　시험이 끝났다는 안내 방송이 들리며 눈앞에 나타났던 밀림
이 동시에 사라졌다.

　안경을 벗고 홀로그램에서 벗어나 주변을 둘러보자 아무도 없
었다.

　천천히 걸어서 밖으로 빠져나왔을 때 수백 명의 응시자들이
자신을 바라보며 환성과 함께 박수를 치는 게 보였다.

　물론 자신의 실기시험 결과에 대한 놀람과 함성이다.

　슬쩍 붉어진 얼굴로 중앙 광장으로 걸어가자 이번에는 계단
을 통해 두 명의 남녀가 부랴부랴 자신을 향해 다가오는 게 보
였다.

어디서 본 얼굴.

백혈병 고등학생 놈이 가장 좋아한다는 김두성이 분명했다.

그리고 그 옆을 따르는 여자.

윤정혜 못지않은 미녀가 웃는 얼굴로 다가오고 있었다.

"수고했어요. 난 시험을 관장하는 골든헌터 김두성입니다. 잠깐 우리와 함께 가실까요."

"무슨 일입니까?"

"물어볼 것이 있어서 그럽니다. 자, 자. 다른 응시자들께서는 잠깐 물러나 주시고."

옛날 생각이 난다.

천하를 석권했을 때와 비교조차 할 수 없는 인원이지만 그때도 광장을 가득 채웠던 수천의 무림인들이 자신을 향해 이렇게 환호성을 보냈다.

김두성이 몰려든 응시자들을 헤치고 앞으로 걸어갔기에 어쩔 수 없이 따라갔다.

가면서 기분이 묘했다.

갑자기 상대의 신분이 시험 감독관이라 밝히자 왠지 모르게 마음이 답답해져 왔다.

필기시험 때 남의 것을 본 게 들켰을지도 모르겠다는 걱정.

이곳 세계는 컨닝이나 불법으로 시험에 합격하면 나중에라도 사법 처리를 받는다는데, 혹시라도 들켰다면 지금까지 수고한 게 모두 헛수고가 된다.

그럼에도 당당하게 따라갔다.

발생하지 않은 일에 미리 걱정부터 하는 건 정말 어리석은 짓이니까.

두 사람을 따라 들어가자 호화스러운 응접실이 나타났다.

"한정유 씨, 앉으세요."

"예."

"커피 드시겠습니까?"

"한 잔 주십시오."

그래도 다행이다. 어떤 놈들은 나보고 커피 타 오라고 그러더니.

예쁘장한 여자가 또각또각 구두 소리를 내면서 커피를 들고 다가와 내려놓을 때, 그동안 자신만 빤히 쳐다보던 여자의 입이 열렸다.

"한정유 씨, 정말 대단한 실력이었어요."

"고맙습니다."

"그거 아세요? 우리 피닉스 길드 입사 시험에서 유일하게 정유 씨가 스켈레톤을 이겼다는 거?"

"그랬나요. 몰랐습니다."

"우린 깜짝 놀랐어요. 신입 사원이, 그것도 사관생도가 아닌 일반 응시자가 스켈레톤을 이기는 건 불가능하거든요. 당초 프로그램을 만들 때 스켈레톤을 마지막 단계에 넣은 건 단순히 시험용이었지 통과를 감안했던 게 아니었어요."

"그럼 저는 합격한 겁니까?"

"호호… 성격이 급하시네요."

"아닌가요?"

"아직 절차가 남아 있잖아요. 내일 면접이 끝나면 최종 합격자가 발표될 거예요. 그리고 문제가 조금 있긴 한데……."

김가은이 말꼬리를 흐렸다.

당연히 문제가 있다.

비록 필기시험이 통과의례였지만 당당히 20%를 차지하고 있었기 때문에 한정유가 최종 합격에 포함되는 건 두고 봐야 한다.

대부분의 응시자가 필기시험을 만점을 받기 때문이었다.

필기시험 최저점수 25점. 20%로 환산하면 불과 5점을 받았다는 뜻이다.

새삼스레 웃음이 나와 김가은이 입을 막고 웃었다.

김두성이 급하게 나선 것은 그녀가 고개까지 돌리며 웃는 걸 더 이상 두고 볼 수 없었기 때문이다.

"굉장한 실력을 가졌던데, 사용한 권법 이름이 뭐죠?"

"꼭 밝혀야 됩니까?"

"아뇨, 그건 아니지만 너무 궁금해서."

"헌터들은 자신이 익힌 무공을 노출시키지 않는다고 들었습니다. 그런 건 묻는 게 아니라고 하던데 내가 잘못 알고 있는 건가요?"

"실례를 했습니다."

금방 수긍하고 자신의 잘못을 인정한다.

김두성. 제법 강단이 있는 인물이다. 남자가 자신의 잘못을 쉽게 인정한다는 것은 그만큼 실력에 자신이 있다는 뜻이다.

"오늘 한정유 씨를 이곳에 모신 건 우리가 내일 면접 위원들께 미리 정보를 제공해야 할 책임이 있기 때문입니다. 그러니 몇 가지만 묻겠습니다."

"알았습니다."

그때부터 두 사람이 번갈아 가며 신변잡기를 묻기 시작했다.

부모님의 직업부터 가족 관계, 심지어 자신의 살아온 인생까지.

방에서 나왔을 때는 20분이나 흘렀다.

집으로 가자.

오늘은 힘도 쓰고 했으니 집으로 가서 오랜만에 아버지가 해주는 된장찌개나 먹어야겠다.

평상시라면 자신이 밥을 했겠지만, 도대체 무슨 영문인지 자신의 요리는 아버지가 하는 된장찌개 맛이 나오지 않았다.

하지만 그런 생각은 정문에 나왔을 때 여지없이 깨졌다.

정문을 떡 가로막고 윤정혜가 기다리고 있었던 것이다.

"왜 이제 나와요. 얼마나 기다렸는데?"

"나를요?"

"같이 술 마시기로 했잖아요. 설마 그사이에 약속한 거 잊은 거예요?"

"그럴 리가요."

된장찌개의 꿈이 날아갔다.

빈말인 줄 알았으니 그녀가 기다릴 줄은 꿈에도 생각하지 못했다.

그녀를 따라 거리로 나왔다.

6시가 넘었으니 이제 슬슬 뭔가를 먹어줘야 할 시간이긴 하다.

"어디로 갑니까?

"내가 잘 아는 맥주 전문점이 있어요. 거기로 가요."

"밥은 안 먹고요?"

"걱정 말아요. 거기도 배 채울 안주 많아요."

윤정혜가 간 곳은 종로에 있었는데 두 눈이 휘둥그레질 만큼 거대한 술집이었다.
시장판이 따로 없었다.

"정유 씨, 우리 저기 앉아요."

윤정혜가 먼저 또각또각 걷더니 중앙 쪽에 있는 탁자로 걸어 갔다.
좋은 곳, 즉 창가는 이미 전부 찼고 겨우 중앙에 있는 자리만 남아 있었는데, 그나마 화장실 근처가 아닌 게 다행이었다.

"난 카운터에 가서 안주 시키고 올 테니까 정유 씨가 맥주 골라 봐요."
"그러죠."

그녀의 말을 들은 후 자리에서 일어나 맥주가 전시되어 있는 곳으로 갔다.
정말 맥주 잔치다. 전 세계의 맥주들이 전부 모였는데 모양도 각양각색이었고 가격도 천차만별이었다.

뭘 먹어본 게 있어야 고르지.
김도철 이 자식. 이렇게 좋은 곳이 있는데 맨날 소줏집만 데려가다니.

대충 아무거나 골라서 자리로 오자 이미 의자에 앉아 있던 윤정혜가 방긋 웃었다.

"어머, 어떻게 알고 내가 좋아하는 샤르망을 가져왔어요?"

알 리가 있나.
아무거나 여자가 좋아할 만한 것으로 가져온 것뿐이다.

"우리 안주 나오기 전에 한잔해요. 오늘 얼마나 긴장했는지 목이 말라 혼났어요."

병뚜껑을 딴 윤정혜가 맥주를 들이켰다.
목울대의 움직임. 그리고 하얀 손가락.
이렇게 예쁜 여자가 왜 자신에게 접근해 온 걸까.

"오늘 난리 났다면서요. 정유 씨 정말 너무해요. 그런 실력을 가지고 날 감쪽같이 속일 수 있어요?"
"속이다뇨."
"그럼 뭐예요, 그게 속인 거지. 하여간 축하해요."
"뭘 축하합니까?"
"피닉스 길드 역사 이래 처음으로 스켈레톤을 제거한 사람은 정유 씨뿐이에요. 그러니 당연히 합격하겠죠. 그것도 수석으로."
"아까 누군가는 김칫국부터 마시지 말라고 그러던데요. 내일 면접에서 잘봐야 된다면서."

"누가 그래요? 정유 씨 같은 성적이면 무조건 합격이죠. 면접
관들이 아무려면 정유 씨 같은 실력자를 놓치겠어요. 걱정 말아
요. 무조건 합격이니까."

"그렇다면 다행이고."

그녀의 말대로 푸짐한 안주가 나왔다.

닭다리 튀김에 새우, 심지어 샐러드까지 종류도 다양했는데
이 여자가 오늘 몸보신시켜 주려고 작정한 것 같았다.

열심히 먹었다.

참새처럼 조잘대는 그녀의 질문을 받으면서.

그녀는 전장에서 어떻게 괴물들을 처치했는지에 대해 꼬치꼬
치 물어댔고, 감독관들처럼 호구조사를 열심히 해대서 입안에
음식을 넣은 채 대답하느라 곤욕을 치렀다.

맥주는 소주와 다른 맛이 있었다.

시원하게 목을 타고 들어가는 청량감, 그리고 쌉싸름하면서
고소한 느낌까지.

6시에 들어와 맥주를 5병이나 마셨고 안주까지 푸짐히 먹자
서서히 배가 불러왔다.

그나저나 이 여자, 아직까지 왜 저러고 있지.

그런 거 물어보려고 날 기다렸던 건 아닐 텐데?

"자, 우리 이제 본론으로 들어갑시다."
"무슨 본론?"
"우린 처음 본 사이인데 술을 마시자고 했을 땐 그만한 이유
가 있을 거 아닙니까?"

자신을 빤히 쳐다보는 그녀의 눈길.
절대 유혹하려는 눈빛이 아니다.
그러더니 한참이 지난 후 그녀의 입이 서서히 열렸다.

"궁금해서요."
"뭐가?"
"당신 같은 남자는 처음 봤거든요."
"실력을 말하는 겁니까?"
"실력 있다는 거 알기 전에 말 먼저 붙인 거 기억 안 나요?"
"그럼 뭡니까?"
"이미 대답을 했는데 못 알아들었나 봐요. 그냥 궁금했다고
그랬잖아요!"

난감하다.
이 여자가 뭘 당연한 것처럼 말하는데, 내가 못 알아듣는 이
유는 뭘까.
여기 여자들은 여러 번 느낀 거지만 무림에 있는 여자들과 표

현 방법이 완전히 다르다.

　같은 이야긴데도 수수께끼처럼 다른 뜻이 숨어 있어 찾아내기가 어렵다.

　"그럼 궁금한 거 있으면 물어보세요. 내가, 오늘은 일찍 집에 들어가야 해서 시간이 많지 않거든요."

　"뭐라고요?"

　"그리고 나도 한 가지 질문. 남자하고 여자하고 같이 술 마시면 혹시 다른 건 안 합니까?"

　"다른 거라뇨?"

　아닌가 보다.

　한민규는 아들이 지어 놓은 밥을 기대하며 집으로 돌아왔다가 텅 빈 집 안을 확인하고 부지런히 저녁 준비를 했다.

　그럴 수도 있지.

　아직 새파란 청춘인 아들이 밥순이처럼 매일 저녁밥을 준비하는 것도 옳은 일이 아니다.

　그래서 시장을 봐와 오랜만에 솜씨를 보였다.

　아들이 좋아하는 계란부침과 된장찌개, 그리고 생선까지 구워서 제법 푸짐한 저녁상을 장만했다.

　별다른 전화가 없어 곧 들어올 줄 알았다.

　하지만 아들은 들어오지 않고 딸이 먼저 들어와 자신을 거들었다.

결국 애써 준비한 저녁상을 둘이 먹게 되었다.

아들은 전화조차 받지 않았기에 한참을 기다리다가 배고파하는 딸 때문에 어쩔 수 없이 먼저 수저를 들었다.

설거지까지 마쳤는데 아들이 들어오지 않자 걱정이 슬며시 들었다.

벌써 저녁 9시.

"미연아, 오빠한테 다시 전화 좀 해봐."

"예."

한미연이 아버지의 채근에 전화를 들었다.

그런 후 버튼을 누른 후 한참을 기다렸다.

여전히 전화를 받지 않는다.

도대체 이 인간이 뭐 하느라.

"아빠, 오빠 전화 안 받아요."

"혹시 무슨 일 있는 거 아닐까. 머리에 있는 피를 제거하지 못했는데……"

한민규의 얼굴이 급격하게 어두워졌다.

아들의 머릿속에 남아 있는 피.

뇌간 손상이 생겼으나 의식을 잃은 상태라 수술 자체가 어려
웠고, 의식을 차린 후에는 수술비 때문에 엄두조차 내지 못했
다.

사채를 더 얻으려 했다.

나중에야 어떻든 일단 무조건 아들부터 살리고 싶었다.

하지만, 정신을 차린 아들은 수술을 거부하며 무조건 퇴원하
겠다고 우겨 그를 슬프게 만들었다.

아들이 왜 수술을 거부했는지 그는 안다.

가난에 찌든 집안 형편.

아들은 어쩐 일인지 뇌사 상태에서 의식을 깬 후 전혀 다른
사람처럼 행동해서 자신을 놀라게 만들었다.

"아빠, 걱정 말아요. 요즘 오빠 좋아진 거 보셨잖아요. 체격이
다치기 전보다 훨씬 좋아진걸요."

"그렇긴 하지만……. 그럼 왜 아직 안 들어오는 걸까. 혹시 오
빠가 무슨 말한 거 없니?"

"없는데요. 아, 있어요!"

한미연이 갑자기 생각난 듯 손뼉을 쳤다.

하지만 곧 고개를 흔들며 자신의 실수를 자책하는 표정을 지
었다.

"왜 그러니, 무슨 일이야?"

"사실은 오빠가 오늘 시험 보러 간다고 그랬어요."

"시험이라니, 무슨 시험?"

"취직 시험요. 그런데 그게, 하도 어이없는 말이라 들었지만 잊어버리고 있었어요."

"그렇게 중요한 걸 왜 잊어버려. 그런 게 있었으면 나한테 말해줘야지?"

"너무 말이 안 되는 거라서요."

"말해봐라. 오빠가 무슨 시험을 친다는 거니?"

"오늘 피닉스 길드에 입사 시험을 치른다고 했어요. 전 그냥 농담인 줄 알았는데……."

미안해하는 딸의 얼굴을 보면서 한민규가 한숨을 푹 내리쉬었다.

딸의 마음을 이해한다.

자신도 이런데 딸이 오죽했을까.

당연히 농담이었을 것이다.

피닉스 길드는 대한민국 청년이라면 누구나 꿈꾸는 신의 직장이었다.

하지만 자신의 아들은 죽었다 깨어나도 안 된다.

학벌이 문제가 아니라 그곳은 각성자들만 들어가는 다른 세계였기 때문이다.

자신은 아들을 각성자로 낳지 못했고, 병원 신세를 오랫동안 졌기 때문에 그곳은 아들과 전혀 상관없는 곳이었다.

역시 머리 때문일 가능성이 컸다.

뇌간 손상. 그리고 아직 뇌 속에 남아 있는 피.

그 피가 원인이다.

아들은 아직도 과거의 기억을 찾지 못했고 간혹 가다 엉뚱한 말들을 하곤 했다.

맞아 죽는 한이 있어도, 자신의 신장이나 콩팥을 파는 한이 있어도 사채를 얻어야겠다.

일단 아들부터 살리는 것이 우선이었는데, 사는 게 뭐라고…….

*   *   *

한정유는 찬바람이 쌩쌩 도는 모습으로 맥주 집을 빠져나가는 윤정혜를 어이없는 눈으로 바라봤다.

내가 뭘 잘못한 건지 알 수가 없다.

아무래도 이 세계는 자신이 살던 무렵과 여자들의 머리 구조가 다른 모양이다.

터덜터덜 걸어 버스를 타고 집으로 돌아왔다.

연립주택에서 새어 나오는 희미한 불빛.

자신이 살고 있는 곳. 그리고 가족들이 자신을 기다리는 곳.

언제나 편안한 곳이었지만 강남의 화려한 불빛과 비교하면 더 없이 초라한 안식처란 생각을 지울 수 없다.

빨리 돈을 벌어 부모님의 고생을 면하게 해드리고 여동생도 학업에만 열중하게 만들고 싶다.

집으로 들어가면서 무의식적으로 핸드폰에 손이 갔다.

화면을 확인한 한정유의 눈이 남산만 하게 커지며 입에서 헛바람이 새어 나왔다.

무려 12통.

아버지가 5통, 여동생이 4통, 또 어머니가 2통, 그리고 김도철이 1통.

그제야 시험 본다고 핸드폰을 무음으로 해놓은 게 기억났다.

시험을 끝내고 집으로 돌아가면서 전화할 생각이었다.

그런데 윤정혜가 나타나 술을 마시자고 하는 바람에 그 생각이 날아갔고, 다른 생각을 하다가 이런 일이 벌어졌다.

부지런히 걸어 집으로 들어갔다.

그러자 현관 앞에서 부모님과 여동생이 나란히 서서 자신을 기다리는 게 보였다.

"왜 전화 안 받았니?"

"시험 본다고."

"오빠야, 자꾸 거짓말할래? 솔직히 말해. 오늘 하루 종일 뭘 하고 돌아다녔길래 전활 안 받아!"

"미안해, 정말 시험 보느라 못 받았어."

"이씨!"

다시 한번 한정유가 같은 말하자 한미연이 도끼눈을 부릅떴
다.

한 대 팰까, 꼭 그런 자세였다.

그래도 자신의 편은 어머니밖에 없다.

"정유야, 어쨌든 돌아왔으니 다행이다. 난 네가 어디서 쓰러졌
을까 봐 너네 아버지 전화 받고 걱정했어. 밥은 먹었니?"

"예, 먹었어요."

"그런데 어딜 이렇게 돌아다녔어."

"취직 때문에……."

"안다, 네 마음. 그래도 너무 고민하지 마. 언젠가 때가 되면
자연스럽게 취직되겠지. 아버지도 있고 나도 있는데 무슨 걱정
을 그렇게 해. 천천히 해도 괜찮으니까 몸이나 더 추슬러."

"휴우……."

말해도 믿지 않으니 한숨만 나왔다.

이럴 땐 어떻게 하지?

마음 같아서는 오늘 자신이 박수까지 받았던 일을 말하고 싶
었으나 가족들의 눈을 보자 도저히 믿어주지 않을 것 같았다.

더군다나 아직 합격한 것도 아니다.

아까, 그 여자 이름이 김가은이라고 했던가.

그 여자의 말이 아무래도 마음에 걸렸다.

실기에서는 최고 점수를 받았다고 했는데 아직 결과를 확신할 수 없다고 했으니 무슨 변수가 있는 게 틀림없었다.

그때 잠자코 듣고만 있던 아버지가 나섰다.

"정유야, 내가 정말 많이 고민했는데 우리 수술받자."

"무슨 수술요?"

"네 머릿속에 있는 피, 그리고 뇌수술. 몸은 괜찮아졌을지 몰라도 네 기억상실증은 아무래도 뇌 때문인 것 같아. 그것 때문에 내가… 매일 마음이 편하지 못해. 정유야, 그러니까 제발 수술 받아. 그럴 거지?"

"정말 저 다 나았어요. 머릿속에 있던 피도 깨끗이 지워졌고 뇌에 문제 있던 것도 치료되었어요."

"너, 왜 자꾸만 아버지를 아프게 하니. 네가 그런다고 해서 내가 편해질 것 같아? 제발 말 좀 들어, 이놈아!"

아버지가 화를 내자 할 말이 없어졌다.

더 거짓말을 하고 싶지만 당장 병원에 가서 확인하면 금방 들통날 테니 더 뻗대기가 어려웠다.

그렇다.

머릿속에는 아직 피가 고인 채 남아 있었고 뇌의 신경 역시 완전하지 않다.

무극심법의 효능이 아무리 뛰어나도 머리에 있는 손상은 완벽하게 치유하지 못했다.

가끔가다 극심한 두통이 생기는 것도 그 때문이다.

하지만, 수술을 받을 필요는 없다.

임독양맥이 전부 뚫려 오기조원의 경지에 들어서면 자연스럽게 머릿속의 피와 손상은 치유될 것이다.

*   *   *

다음 날 아침.

단벌 양복을 꺼내놓고 하얀 와이셔츠를 반짝반짝 다렸다.

면접에는 양복을 입고 와야 한다는 주의 사항이 있었기 때문에 어쩔 수 없이 오랫동안 입지 않던 양복을 꺼내야 했다.

가족들은 이미 전부 나갔기 때문에 혼자서 다리미를 들고 끙끙댈 수밖에 없었다.

드디어 완성.

이리저리 줄들이 두 개씩 잡혔지만, 이 정도면 훌륭하다.

와이셔츠를 받쳐 입고 넥타이를 맨 후 양복을 입자 어디서 영화배우가 툭 튀어나왔다.

맨날 청바지에 면티만 입고 다녔는데, 이렇게 차려 입자 자신이 생각해도 꽤 멋있다.

새롭게 태어난 것이나 다름없다.

맨 처음 깨어났을 때 본 얼굴은 해골이나 다름없지 않았던가.

늠름하게 집을 나서 버스 정류장으로 향했다.

이럴 때는 자동차에 척 올라타고 나서야 하는 건데 지금의 자신으로서는 꿈도 꾸지 못할 일이다.

새삼, 처음 자동차를 봤을 때의 놀람이 생각난다.

이상한 물체가 쭉 뻗은 도로를 달리는데 그것도 한두 대가 아니라 셀 수조차 없을 정도로 많았다.

한참이 지나서야 그걸 자동차라 부른다는 걸 알았다.

부러웠다.

굳이 자신은 자동차가 필요 없었지만 돈이 생기면 제일 먼저 아버지에게 자동차를 사드리고 싶었다.

버스를 타고 1시간 가까이 간 후에 피닉스 길드의 본사에 도착했다.

이 거대한 빌딩에 피닉스 길드의 정예 요원 500명이 상주한다고 들었다.

비록 버스에서 내렸지만 보무도 당당하게 빌딩 문을 열고 안으로 걸어갔다.

문을 열고 들어서는 순간, 윤정혜의 모습이 보였다.

즉시 고개를 돌렸지만 이미 그녀는 자신을 차가운 시선으로 노려보고 있었다.

냉랭한 표정.

역시 어제 일에 뭔가 문제가 있는 것 같다.

그럼에도 한정유는 더 이상 그녀를 바라보지 않고 성큼성큼 엘리베이터를 향해 걸어갔다.

마지막 남은 면접.

이제 이 면접이 끝나면 자신은 가족들이 간절하게 원하는 피닉스 길드에 다닐 수 있게 될 것이다.

자신은 역대 최초로 실기시험 만점자였으니 별일이 없다면 합격할 게 분명했다.

이번 신입 사원 면접 위원장은 피닉스 길드가 보유한 10명의 스페셜마스터 중 일인이자 최연장자인 서무원이었다.

그는 한 자루 장검으로 지금까지 던전에 출현한 괴물 중 가장 흉포하다고 알려진 7등급 괴수 와이번을 단독으로 처단한 강자였다.

당시 동영상은 3일 만에 1억 뷰를 기록하며 그를 당대의 영웅으로 칭송받게 만들었다.

최초로 도시가 습격 받은 상황에서 그가 불현듯 나타나 3시간 만에 모든 상황을 종식시켰으니 충분히 그런 대접을 받을 만했다.

그는 커피를 마시지 않는다.
몸에 좋지 않다는 맹신 때문인지 언제나 보이차를 사무실에 차려놓고 마셨기 때문에 보이차 마스터란 우스꽝스러운 애칭도 붙었다.

"재밌는 놈이군."

"실력도 뛰어납니다. 강단도 있고요."

"음, 자네 생각에는 이 친구 실력이 어느 정도라고 생각하지?"

"제가 봤을 때 2급 헌터의 실력은 충분하다고 보여집니다."

"만약, 이 친구가 최선을 다하지 않았다면?"

"스켈레톤은 골든헌터들도 5마리면 쉽게 상대할 수 없습니다. 동영상을 면밀히 분석한 결과, 처음에는 최선을 다하지 않았지만 나중에는 전력을 다한 것으로 판단됩니다."

"자네 분석이 그렇다면 믿을 만하지. 나도 동영상은 봤어. 내 눈에도 그렇게 보이더구만. 하지만 말이야. 확신은 금물이야. 무슨 뜻인지 알지?"

서무원이 의미심장한 미소를 지었다.

무슨 뜻인지 충분히 안다.

그랬기에 앞에서 보고하던 김두성이 빙그레 따라 웃었다.

"알고 있습니다."

"면접이 몇 시라고?"

"10시부터 시작입니다. 최종 10명을 올려놨습니다."

"그 친구 점수는?"

"죄송하지만 10명 중에 10등입니다. 실기 점수는 만점을 받았지만 워낙 필기 점수가 안 좋았기 때문에……."

"그것 참. 필기가 20점 만점에 5점이라. 전혀 상식조차 없다는 뜻이잖아."

"저희가 어제 급히 조사한 결과 그 친구는 병원에 오랫동안 있었습니다. 교통사고를 당했더군요. 아마, 그래서 필기시험은 전혀 공부하지 않았던 것 같습니다."

"필기는 못 보고 실기는 만점을 받았다. 그 이유가 병원에 있었기 때문이라면 이유치고 너무 구멍이 많아. 그렇게 생각하지 않나?"

"그렇긴 합니다."

"어쨌든 실기 만점자를 떨어뜨릴 수는 없는데 점수가 꼴찌라……. 이거 난감하구먼."

"무슨 수를 쓰던 합격시켜야죠. 그런 실력자를 떨어뜨리면 아마 다른 길드에서 고맙다고 우리한테 절을 할 겁니다."

"그렇긴 한데 정도일이 가만있을까. 우리 쪽이라고 생각할 텐데?"

"그러니까 위원장님이 막아주셔야죠."

"그놈이 언제 내 말 들어 처먹는 거 봤어?"

"그럼 어떻게 합니까?"

"뭘 어째, 버텨봐야지. 그 인간도 생각이 있으면 신입 사원 정도 가지고 꼬투리를 잡진 않겠지."

＊　　　＊　　　＊

한정유는 진행 요원의 안내에 따라 면접 대기실에 앉았다.

정확히 10명.

5명을 뽑는다고 했는데 10명이 온 건 면접에서 5명을 떨어뜨리겠단 생각이다.

의자에 앉아 옹기종기 모여 있던 사람들이 문을 열고 들어서자 전부 자신을 바라봤다.

그중에는 신문에도 나온 마종현이 보였고, 윤정혜와 이태천 등 어제 실기시험에서 월등한 실력을 보인 자들이 대부분이었다.

600명의 경쟁자를 뚫고 이곳까지 왔으니 오죽할까.

그럼에도 자신의 눈에는 어린애들로 보였다.

당연히 나이도 자신이 제일 많다.

사관생도들의 나이는 많아봤자 26살이었으니 이중에서 자신보다 나이 많은 자는 아무도 없었다.

여전히 사관생도임을 나타내는 똑같은 붉은 제복.

자신들이 사관생도 출신이란 자부심을 뼛속까지 새기고 있는 것 같았다.

그들은 자신을 경계가 가득 찬 시선으로 바라보았다.

아마 자신이 실기 점수 만점자였기 때문에 강력한 경쟁자라 느낀 모양이다.

비어 있는 제일 바깥쪽 의자에 앉았다.

얼마나 기다렸을까.

이윽고 요원이 다가와 면접 시작을 알렸다.

슬며시 가슴이 뛰었다.

멋지고 당당하게 합격해서 가족들한테 돌아가야 한다는 조바심이 가슴을 답답하게 만들고 있었다.

여기서도 순서는 마지막이었다.

실기도 마지막이더니 면접까지 마지막이었고, 더군다나 2명씩 들어가는 짝이 윤정혜였다.

인연일까, 아니면 악연일까.

뭘 저렇게 중얼거리며 보는 거지?

따분함을 참지 못하고 주변을 둘러보던 한정유가 이채를 띠며 면접에 온 사관생도들을 바라봤다.

그중 몇은 노트를 꺼내놓고 뭔가를 중얼거리고 있었는데, 대충 청력을 집중시켜 들어보니 면접관이 질문할 만한 내용을 연습하는 중이었다.

한 조당 무려 20분씩 걸렸으니 거의 2시간이나 걸렸다.

정말 지겨운 시간이었다.

면접실 문을 열고 들어서자 5명이 나란히 앉아 자신을 기다리고 있는 게 보였다.

성큼성큼 다가가 우측에 있는 의자에 앉자 윤정혜가 절도 있는 자세로 자신의 의자에 가 앉았다.

어차피 왔으니 최선을 다할 생각이었다.

면접 자세에 대해 인터넷에서 알아봤더니 최대한 정중하게 간단명료한 대답을 해야 한다고 나와 있었다.

"안녕하십니까. 면접 번호 9번 한정유입니다."

"면접 번호 10번 윤정혜예요."

먼저 둘이 인사를 하자 면접관들의 눈빛에서 이채가 흘러나오는 게 보였다.

당연한 거지.

실기시험 만점자는 그 정도 대우를 해줘야 되는 것 아니겠나.

50대로 보이는 2명이 가운데 앉아 있었고, 그 좌측으로 어제 봤던 김두성과 김가은, 그리고 오른쪽엔 30대 후반으로 보이는 남자가 앉았다.

먼저 입을 연 것도 그 남자다.

대충 명패를 보니 특수타격팀장 허정철이란 이름을 가진 사람이었다.

"한정유 씨에게 먼저 묻겠습니다."

"예."

"사관생도가 아니라 일반 응시생인데 언제 각성하셨죠?"

각성이라. 각성이 뭔지는 모른다.

하지만 각성을 환생과 동일하게 생각하면 그리 어려운 대답이
아니다.

"1년 정도 되었습니다."
"음, 믿기 어려운 말이군요. 각성한 지 1년 만에 그런 실력을
가질 수 있다니 놀랍습니다. 혹시 단기간에 실력을 키울 수 있었
던 다른 이유가 있나요?"
"1년 동안 매일 혹독하게 수련을 했습니다. 이유라면 그게 답
니다."

말도 안 되는 대답이란 건 안다.
재밌는 건 자신의 대답에 더 이상 꼬투리를 잡지 않고 허정철
이 물러섰던 것이다.
대신 나선 건 중앙에 위원장이라 턱 써져 있는 명패 뒤의 노
인이었다.

"실기시험에 만점을 받은 건 처음 있는 일이야. 피닉스 길드의
시험이 시작된 이후로. 그래서 말인데, 자네 혹시 스켈레톤의 약
점을 알고 있었나?"
"그 괴물한테 약점이 따로 있었습니까?"

오히려 되물었다.
온몸이 철갑처럼 두꺼운 가죽을 가진 놈이 어디에 약점이 있
을까.

자신은 오직 놈들을 힘으로 때려 부쉈을 뿐이다.

"이제야 말하지만 스켈레톤의 약점은 턱이었네. 같은 가죽으로 보였겠지만 다른 곳과 달리 턱이 무척 취약하지. 우리는 자네가 턱을 집중 공략했기에 미리 약점을 알고 있단 생각을 했네."

그랬나?
잘 모르겠다. 정신없이 때려 부수느라 그것까지 생각하지 못했지만 그럴 수도 있었을 것이다.

"저는 몰랐습니다. 여기서 처음 듣는 말입니다."
"그렇긴 할 거야. 놈의 약점은 우리 피닉스 길드에서 대외비로 관리하고 있으니까. 어쨌든 나 역시 자네의 마지막 전투를 보면서 감탄했어. 정말 훌륭한 실력이었네."
"그러면 뭐 합니까. 기본이 안 돼 있는데."

위원장이 칭찬하기에 기분이 편해졌다.
위원장이 이렇게 칭찬한다는 것은 합격시켜 주겠다는 뜻일 테니까.
그런데 갑자기 그 옆에 있던 자가 초를 치고 나왔다.

"무슨 뜻인지 물어봐도 되겠습니까?"
"그럼 뭐라고 표현할까. 자넨 필기시험에서 꼴찌야. 100점 만점에 25점. 기초적인 상식만 묻는 필기시험에서 그 정도 점수를 받았다면 기본이 안 된 게 맞을 텐데?"

설마 그 모범생이 그럴 리가.
그런데 면접 위원석에 앉아 있던 김가은이 어제처럼 고개를
돌린 채 웃음을 겨우 참는 걸 본 순간, 얼음물에 목욕한 것처럼
온몸이 차가워졌다.
아무래도 설마가 사람 잡은 모양이다.

묻는 말마다 대답을 하지 못했다.
이자는 계속해서 길드와 괴물들, 그리고 관련 법규에 관련된
기본적 상식들을 물었는데 도저히 대답할 수 없는 것들이었다.

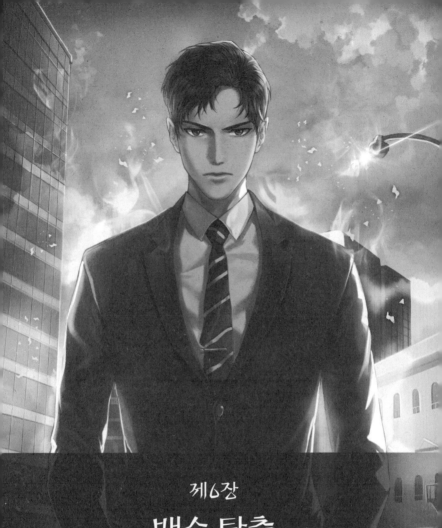

제6장

백수 탈출

면접이라는 게 웃긴다.

실기시험을 만점 받아 당연히 합격할 거라 기대했는데 필기시험이 그렇게 될 줄 누가 알았겠는가.

더군다나 이자들의 태도에서 무슨 이유 때문인지 고의적인 냄새가 풍겨 나오고 있었다.

자신의 합격을 원하지 않는 냄새 말이다.

"알았으니까 그만합시다. 당신들의 태도를 보니 나를 원하지 않는 것 같은데 뭘 그렇게 빙빙 돌리는 거요!"

중간에서 자리를 박차고 나왔다.

어차피 앉아 있어 봤자 창피함만 계속 당할 뿐이라는 판단.

자신을 놀리는 것처럼 빙글거리는 태도를 확인한 순간 더 이상 앉아 있을 필요가 없었다.

합격할 거라 자신하며 어제 여동생한테 새로 나온 핸드폰을 사준다고 큰소리쳤는데, 속으로는 아버지한테 자가용을 사주고.

면접 본 결과로 봤을 때 이번 시험은 무조건 불합격이다.
생각하면 할수록 화가 나 걸음걸음에서 저절로 찬바람이 일어섰다.
간신히 참으며 피닉스 길드의 현관문을 박차고 나왔다.
그때 뒤에서 여자의 목소리가 자신을 붙들었다.

"한정유 씨, 잠깐만요!"
"무슨 일입니까?"
"잠깐 저와 이야기해요. 저기 커피 마시는 데 있어요."
"싫습니다. 이젠 여기에 잠시라도 있고 싶지 않습니다."
"기분이 안 좋은 거 알아요. 그래도 내 얼굴 봐서 잠깐만 이야기해요. 꼭 할 말이 있어요."

오늘 처음 본 사람인데 무슨 얼굴?
그럼에도 그녀의 간절한 시선에 침묵을 지키자 자신의 의사도 묻지 않고 카운터에 가서 커피를 사 왔다.

"정 고문님 때문에 화 많이 나셨죠?"

"그런 대접을 받고도 화가 나지 않을 거라 생각했습니까. 그 노인네 이름이나 기억하고 갑니다. 그래야 나중에 만나면 빚을 갚을 테니."

"우리 회사 고문을 맡고 계신 분이에요. 스페셜 마스터라고 들어봤는지 모르겠네요. 우리 길드에서 손에 꼽히는 초고수죠."

김가은이 말하면서 미소를 지었다.

빚을 갚는단다.

이 사람은 정도일이 누군지 알고나 하는 소릴까?

그럼에도 이 상황이 너무나 즐겁고 재밌다.

위원장인 서무원이 면접장에서 튀어나가는 한정유를 보면서 눈짓으로 따라가 보라는 신호를 보냈을 때 일어서는 김두성을 제치고 자신이 먼저 일어섰다.

보고 싶었다. 주저함 없이 일어서던 그의 영상이 머릿속에서 지워지지 않아 무작정 일어나 달려왔다.

예상대로다. 한정유는 화가 많이 나 있었다.

한눈에 봐도 자존심 하나로 살아가는 남자.

더군다나 예상외의 실력을 지녔고, 어딘지 모르게 거친 남자의 향기를 뿜어낸다.

더 재밌는 건.

이 남자는 자신이 가장 꺼려질 내용을 거침없이 물어왔다는 것이다.

"그런데 그 사람 말이 사실입니까? 내가 필기시험 꼴찌 했다는 거?"

"맞아요. 한정유 씨가 보고 베낀 사람이 공동 꼴찌예요. 하필이면 왜 그런 사람 걸 봤어요?"

"알고… 있었던 모양이군요?"

"요즘은 워낙 기술이 발달돼서 컨닝 자체가 불가능해요. 더군다나 한정유 씨는 실기시험에서 최고점을 받았으니 당연히 관심을 받았겠죠?"

당연히 쑥스럽고 부끄러운 표정을 지을 줄 알았다.

하지만, 한정유는 그녀의 대답을 들은 후 쓴웃음을 지었는데, 그 태도가 당당하기 짝이 없었다.

"무슨 소린지 알겠습니다. 결국 잘못은 내가 먼저 했다는 뜻이군요. 혹시 나한테 더 할 말 있습니까?"

"너무 상심하지 말라고. 아직 결과가 나온 건 아니니까 기다리란 말을 전하려 왔어요."

"필요 없습니다. 이젠 내가 피닉스에 관심이 없어졌어요."

한정유가 자리에서 일어나더니 정중하게 그녀를 향해 인사를 했다.

그의 인사에 따라 일어선 김가은의 얼굴에서 홍조가 더욱 진해졌다.

모든 것이 거침없는 남자다.

＊　　　　＊　　　　＊

한정유가 면접을 보다 자리를 박차고 나간 후 그토록 부드러웠던 서무원의 표정이 사납게 변했다.

그는 당황한 채 앉아 있는 윤정혜를 향해 나가라고 말한 후, 그녀가 모습을 감추자 정도일을 향해 몸을 돌렸다.

"정 고문, 당신 뭐야. 내가 그렇게 말했는데 이렇게까지 해? 지금 나를 엿먹이겠다는 거야!"

"애들 있는데 말조심합시다."

"뭐라고!"

정도일의 말에 서무원의 어깨가 치켜 올라갔다.

여기서 조금만 더 그의 성질을 건드리면 자리에서 일어날 것이다.

그 결과는 누구도 책임질 수 없다.

하지만 정도일은 그의 모습을 보면서도 전혀 동요조차 하지 않았다.

서무원이 전혀 두렵지 않은 모습.

하긴 그렇기도 하다.

나이는 서무원에 비해 적었지만 피닉스 길드에서 그의 영향력은 막강 그 자체였다.

그만큼 실력도 뛰어났고, 그를 따르는 자들이 즐비했다.

"위원장님 말씀은 알아들었지만, 그렇다고 피닉스 길드가 신입 사원을 대충 뽑았다는 소릴 들으면 쓰겠습니까. 그래서 그랬습니다. 더군다나 놈한테 경고를 하고 싶었어요. 실력만 믿고 까불면 안 된다는 걸 보여줘야 오만하게 굴지 않을 테니까요."

"그런 건 입사를 시켜놓고 가르쳐도 되잖아."

"입사 후에라, 그게 가능하다고 생각하나요. 놈의 행동을 보시고도 그런 말씀이 나옵니까. 그놈은 내가 몇 마디 했다고 중간에서 자리를 박차고 나갔습니다. 인성이 글러먹은 놈입니다. 그런 놈이 들어오면 조직의 위계질서가 바로 잡히지 않습니다. 안 그렇습니까?"

"그놈을 직접 보고도 그런 소릴 하나. 이봐 정 고문, 놈은 골든헌터급일세. 조금 인성에 문제가 있다 해도 그건 자네가 먼저 건드렸기 때문에 발생한 일이야. 내가 잘 가르칠 테니 우리 그만하세."

"타격팀장, 자네 생각은 어떤가?"

쐐기를 박으려는 속셈.

정도일의 속셈은 뻔했다.

워낙 출중한 실력을 지닌 한정유가 서무원 라인에 서는 것이 탐탁지 않기 때문에 이러는 거다.

그를 처음 발견한 것은 감독관을 맡은 서무원 라인, 김두성과 김가은이었다.

만약 정도일의 라인에 있는 특수타격팀장 허정철이 먼저 발견했더라면, 그리고 먼저 손을 썼다면 절대 이런 결과를 만들지 않았을 것이다.

"저는 정 고문님 생각이 맞다고 생각합니다. 저희 길드가 추구하는 최우선 과제는 국민의 안전을 확보하는 것입니다. 그러기 위해서는 길드원이 가져야 할 덕목이 몇 가지 있습니다. 책임감과 정의감, 그리고 약자를 보호하는 동정심이 우선되어야 하죠. 그러나, 그자는 그런 면에서 많이 부족한 것 같습니다."

"말도 안 되는 말입니다. 한정유 씨가 화를 낸 건 당연한 일입니다. 누가 그런 모욕을 받으며 가만히 있겠습니까. 정 고문님의 면접은 수치를 느끼기에 충분했습니다."

"입 닥쳐. 어디서……."

허정철의 말에 김두성이 반론을 펼치자 정도일의 입에서 고성이 튀어나왔다.

한마디만 더 한다면 그냥 두지 않을 기세였다.

그때 서무원이 자신의 내공을 일으켜 실내의 공기를 진탕시켰다.

"끝까지 해보자는 건가. 그럼 여기서 그동안 쌓여왔던 감정을 모두 풀어볼까?"

"그러시든지."

정도일도 지지 않았다.

무력 면에서 누군가의 협박을 받을 만큼 자신의 능력이 작지 않기 때문이다.

일촉즉발.

두 사람이 일어서자 김두성과 허정철이 자연스럽게 나뉘어 서로를 견제했다.

하지만 먼저 기세를 누그러뜨린 것은 서무원이었다.

"이봐, 정도일. 우리가 작정하고 한판 붙으면 피닉스 길드가 양분돼서 박살이 나. 정말 그렇고 싶어? 무슨 이유 때문에 이렇게 나오는지 알지만 그래도 이런 방법은 너무 치졸하잖아. 마지막으로 경고하지. 여기서 손 떼. 내가 회장님께 직접 재가를 받을 테니. 그러나 더 나를 막으면 진짜 참지 않을 거야. 어때, 고 아니면 스톱?"

＊　　　　＊　　　　＊

한정유는 피닉스 길드 본사에서 빠져나와 거리를 거닐었다.

이제 점심시간.

주머니를 뒤지자 만 원짜리가 달랑 들어 있었다.

어머니가 점심 굶지 말라고 매일 쥐어주는 돈이었다.

이 세계의 질서, 이 세계의 법칙, 이 세계의 힘과 정의.

그 어느 것 하나 자신이 살던 무림과 같은 것이 없었다.

어머니가 쥐어준 만 원짜리 지폐를 보고 있자니 저절로 마음이 차분하게 가라앉기 시작했다.

한 남자가 다가온 것은 피닉스 길드 본사에서 나와 점심을 먹기 위해 음식점이 몰린 곳으로 걸어갈 때였다.

40대 중반의 남자. 척 봐도 꽤나 기세가 훌륭한 자였다.

"술이 땡기는 날입니다. 술 한잔하겠소?"

"아까부터 따라오던데 이제야 말을 거시네. 누굽니까?"

"같이 술 마셔줄 사람."

"동문서답인데 그게 마음에 드는군요. 날 따라왔으니 볼일이 있다는 뜻이고, 마침 나도 술이 땡겼으니 더 잘된 거죠?"

"난 이런 게 좋더라. 아무것도 묻지 않고 대범하게 술 마실 배짱. 남자라면 그 정도는 있어야지. 갑시다. 내가 여기서 가까운 곳에 괜찮은 술집을 알고 있어요."

남자와 함께 500m쯤 걸어 찾아간 곳은 허름한 일식집이었다.

말이 일식집이지, 그냥 횟집이나 비슷했지만 이곳에서는 초밥도 나왔다.

둘이 말없이 앉아 무작정 소주를 5병이나 깠다.

한정유는 오늘 있었던 일에 대한 아쉬움 때문에 침묵을 지켰지만 남자는 무슨 생각을 하는지 알 수 없는 표정으로 술만 마셨을 뿐이다.

결국 졌다.

먼저 본론을 꺼내길 바랐으나 남자는 언제까지라도 자신이 술 마시는 걸 지켜볼 기세였다.

"참, 대단하십니다. 날 알고 찾아왔을 테니 소개는 생략하죠, 뭐 하시는 분입니까?"

"작은 사업을 한다네."

"어떤 사업?"

"태풍OR."

OR(Organization)은 전국에 100여 개가 난립되어 있는데, 길드가 출동했을 때 만약의 사태에 대비해서 주변을 통제하고 혹시 모를 괴물들의 탈출을 최종적으로 막는 역할을 한다.

그렇기에 길드에 들어가지 못한 각성자들 대부분이 OR에 들어가는데 거기에 끼지 못한 자들은 2차 하청 업체까지 갔다.

2차 하청 업체는 괴물들과 길드 사상자의 후속 조치를 담당하는데, AS라 불렀다.

그러고도 남는 자들이 다른 세계로 발길을 돌린다.

괴물 관련 업체에 근무하지 못한다 해도 그들의 능력은 인간의 범위를 가볍게 초월하기 때문에 그들을 원하는 곳은 많았다.

그 대표적인 곳이 밤세계다.

일명 조폭들.

무차별적으로 각성자들을 영입한 조폭들의 성세 역시 최고조에 달해 있는 상태였다.

"솔직히 말하면 그냥 온 거야. 오늘 피닉스 길드 면접날이라서. 혹시라도 떨어진 사람을 스카웃할 수 있을지도 모르거든."

"그런 경우가 많은 모양이죠?"

"그럴 리 없지. 피닉스 길드 면접까지 올라간 애들이 미쳤다고 하청 업체로 오겠어. 더군다나 최종 면접까지 간 사관생도 애들은 무조건 재수를 해."

"그런데요?"

"오늘은 특별한 날이라서. 사관생도가 아닌 일반 응시자가 최종 면접에 올라왔다고 하더군. 그래서 와본 거야. 혹시나 하고."

"제가 떨어질 거라고 생각한 겁니까?"

"그렇다네. 그래서 주목하고 있었지. 그런데 조금 전에 내가 잘 아는 기자로부터 전화가 왔더군. 일반 응시자가 스켈레톤을 격파했다면서. 난 그게 자넨 거 같은데 아닌가?"

"맞습니다."

"피닉스 길드의 시험은 어렵기로 유명하지. 특히 마지막 스켈레톤은 응시자들에게 절망을 주기 위해 끼워 넣은 거라고 하더군. 그걸 자네가 깼으면 게임 끝이지. 그래, 언제부터 출근하라던가?"

"아직 연락을 못 받았습니다. 그런데 그런 사실을 알면서 왜 술을 마시자고 했죠?"

"그냥, 자네가 술 마시고 싶은 얼굴 같아서. 더불어 나도 술 마시고 싶었어. 사람은 누구나 술 마시고 싶은 때가 있는 거잖아. 그리고 한 가지 이유를 더 든다면, 자네와 이야기를 나누고 싶었네. 괜히 화가 났어. 자네 같은 유망주는 전부 길드에서 쓸어가니 우리 같은 하청 업체는 구경도 못 해. 하긴 그게 레벨이니까 당연한 것이겠지만. 그래도 자네 같은 유망주와 술을 마시며 이야기를 나누고 싶었어. 요즘 천재들은 어떤 생각을 가졌는지 궁금했거든."

"오늘 술맛 어땠습니까?"

"좋더군. 술은 자네처럼 마셔야 해. 술과 침묵. 아주 잘 어울리는 안주였다네."

"사장님은 풍류를 아시는 분이군요."

"그렇게 생각해 주니 고맙구먼."

"내가 태풍으로 간다면 월급은 얼마나 주실랍니까?"

*   *   *

남정근과 헤어진 한정유는 전화기를 꺼내 전화를 걸었다.

오늘 같은 날을 그냥 들어가면 안 된다.

"뭐 하냐, 오늘 저녁 술 한잔하자."

─해가 서쪽에서 뜰 모양이네. 니가 어쩐 일로?

그도 그럴 수밖에.

병원에서 퇴원한 후 먼저 전화를 걸은 건 이번이 처음이었다.

"나 취직했어. 그러니 축하 술 사주라."

—아르바이트 자리 구했냐?

"취직했다니까. 정식 직원으로."

—사기치지 말고. 나 오늘 약속 있어. 그러니까 솔직하게 말해!

"정말이야. 태풍OR에 취직했다."

—미친 새끼. 너 심심하구나. 심심하면 피씨방이라도 가서 게임이나 해. 아니지, 또 게임 폐인 될라. 그거 말고 영화나 봐. 건전하게.

"오늘 안 나오면 후회할 텐데 그래도 괜찮겠어?"

—너… 정말이냐?

갑자기 가라앉은 한정유의 목소리에 수화기 반대쪽에서 김도철의 떨림이 느껴졌다.

태풍OR.

20개 정규 길드에는 포함되지 않았지만 꽤 커다란 규모를 지닌 회사였다.

헌터들이 현장에 출동할 때 서포트를 해주는 하청 업체였지만 재무구조가 탄탄해서 OR 중에는 항상 탑10 안에 낄 정도다.

일반 대기업 연봉의 2배.

길드보단 대우가 못하지만 괴물 사냥 관련 업체이기 때문에 기본 연봉이 엄청 높다.

김도철은 약속 장소로 총알같이 튀어나왔다.

그는 김치찌개를 시켜놓고 먼저 홀짝거리는 한정유를 보자마자 멱살을 틀어쥐었는데 궁금증을 풀지 못해 안달이 난 모습이었다.

"너 아까 그 말 뭐야? 정말 태풍OR에 들어간 거야?"

"응."

"이 새끼야. 길드도 그렇지만 OR도 기본적으로 각성자들만 들어갈 수 있어. 병원에서 퇴원한 게 얼마나 됐다고 갑자기 각성을 해!"

"어쩌다 그렇게 됐어."

"너 요즘 왜 그래. 자꾸 머리가 아파? 아니면 그냥 나만 보면 막 장난치고 싶고 그런 거야?"

"유일한 친구 놈한테 장난치는 건 재밌는 일이지. 하지만, 이런 자리에서까지 장난치지는 않아."

한정유가 그대로 서 있는 소주병의 대가리에 손을 가져갔다.

그런 후 손가락을 튕기자 거짓말처럼 술이 차 있던 주둥이 부근이 밀리더니 바닥에 떨어졌다.

매끈하다. 처음부터 그렇게 잘려진 채 생산된 것처럼.

"어, 너 그거……"

김도철의 표정이 순식간에 굳어졌다.

신기에 가까운 것을 봤음에도 그의 얼굴에 담긴 것은 놀라움보다 당황스러움이 더 큰 것 같았다.

이놈.

뭔가 이상하다.

"나, 내일부터 출근이다. 거기 사장님이 5년 경력을 쳐준다더라. 첫 달 월급이 천만 원이라니까 앞으로 술은 내가 사겠다."

       *   *   *

김도철과 술을 마시며 시간을 보내다가 저녁 10시가 넘어서야 집으로 돌아왔다.

비록 국내 제1기업 피닉스 길드에 취직하진 못했지만, 나름대로 괜찮은 사람과 일할 수 있게 되었다는 생각에 마음이 차분하게 가라앉았다.

남자는 자신을 알아주는 사람과 같이 있을 때 행복해진다.

집으로 들어왔을 때 어제처럼 가족들이 전부 몰려나온 걸 보고 고개를 갸웃거렸다.

오늘은 어제와 달리 저녁을 먹고 들어오겠다는 전화를 식구마다 전부 해줬기 때문이다.

"왜 나와 계세요?"

"손님이 아까부터 와 계셔. 넌 도대체 왜 전화를 안 받아!"

"술 마시느라……."

이것 참.
급히 핸드폰을 꺼내 들자 무려 20통이 와 있었다.
그중 반은 모르는 전화였고, 나머지는 가족들의 것이었다.

"누가 왔는데요?"
"피닉스 길드에서 오셨대. 오빠, 도대체 무슨 일이야?"
"내가 시험 봤다고 했잖아. 그래서 온 모양이네. 들어가세요.
제가 만나볼게요."

걱정스럽게 서 있는 부모님의 등을 떠밀어 집 안으로 들어갔
다.
그러자 거실에 앉아 있는 김두성과 김가은의 모습이 눈으로
들어왔다.

"이제 오네요."
"무슨 일입니까?"
"한정유 씨와 할 말이 있어서 왔어요."
"전화로 하면 되지 굳이……."

여기까지 찾아와. 왜?
부모님과 여동생이 슬금슬금 자릴 피해 방으로 들어가는 걸
보며 한정유가 그들 앞자리에 앉았다.

그런 후 천천히 입을 열었다.

"그래, 무슨 일입니까?"

"우린 한정유 씨가 합격했다는 소식을 전해주러 왔어요. 더불어 오늘 있었던 면접 일을 사과도 할 겸."

"헛수고를 하셨군요."

"무슨 말씀이시죠?"

"난 그런 회사 안 갑니다. 남자가 모욕을 받은 곳에 합격했다고 좋아할 줄 알았습니까?"

"정유 씨, 정유 씨 합격은 회장님이 특별히 지시하셨어요. 그것도 좋은 조건으로. 정유 씨 마음은 알지만 화를 푸세요. 정고문님이 워낙 깐깐해서 벌어진 일이에요."

김가은이 펄쩍 뛰면서 달래기 위해 애를 썼다.

하지만, 한정유의 표정은 조금도 변하지 않았다.

"나는 이미 취직을 했습니다."

"그게… 무슨 말씀이시죠?"

"귀가 어두운 모양인데 다시 말씀드리죠. 이미 나는 취직을 했습니다."

"어디로요?"

"태풍OR."

한정유의 대답에 두 사람이 서로를 쳐다보며 천천히 안도의 한숨을 흘려냈다.

그들은 오면서 한정유가 전화를 받지 않자 피닉스와 경쟁 관계에 있는 블루드래곤과 JK 길드에서 손을 쓴 게 아닌가 하는 걱정을 했다.

태풍OR이 어떤 회사인지 두 사람은 너무나 잘 알고 있었다.

그냥 던진 말이다. 화가 나서.

어찌 태풍OR을 피닉스 길드와 비교할 수 있단 말인가.

그랬기에 김두성이 잔잔한 미소를 지으며 한정유를 향해 입을 열었다.

"한정유 씨, 피닉스 길드는 당신의 가치를 충분히 인정했습니다. 그러니 이제 화를 푸시고 내일부터 출근하세요. 출근하면 곧바로 3급 헌터에 임명하겠다는 회장님의 오더가 있었습니다."

"필요 없습니다. 나는 오늘 이미 계약서에 사인을 하고 왔으니 물릴 수도 없습니다."

"계약서 때문이라면 그건 우리가 처리할 수 있어요."

김가은이 급히 나섰다.

그녀는 지금의 이 상황을 어떻게 해서라도 해결하고 싶은 것 같았다.

하지만 한정유는 담담하게 고개를 저었다.

"계약서 때문이 아닙니다. 남자는 한 입으로 두말하지 않아야 한다고 어떤 사람이 그러더군요. 저는 오늘 태풍OR의 사장님과 술을 마시며 그쪽으로 가겠다고 약속을 했습니다. 그리고 또 하나의 이유. 피닉스가 나를 경멸할 수 있을 만큼 그렇게 대단하지 않다는 걸 내가 똑똑히 보여주겠습니다. 그러니 이만 돌아가십시오."

가족들은 이미 들어서 알고 있었던 것 같았다.
그럼에도 피닉스 길드에 들어가지 않겠다는 자신의 말에 부모님은 아무런 말씀도 하지 않으셨다.
대신 한미연이 방방 뜨면서 소리를 고래고래 질렀다.

"오빠, 미쳤어. 피닉스 길드는 우리나라 사람이면 누구나 들어가고 싶어 하는 회사야. 그런 회사를 마다하고 왜 태풍OR을 선택해. 아빠, 뭐라고 말 좀 해요. 아무래도 오빠가 머릴 다쳐서 판단력이 흐려졌나 봐."
"미연아, 그만해. 오빠도 여러 번 생각해서 결정한 거겠지. 태풍이란 회사도 좋은 회사야. 우리 아들이 그런 회사를 들어가다니. 난 얼마나 장한지 모르겠다."

감동받으면 안 되는데.
아버지는 거기서 왜 눈물을 보여. 가슴 아프게.
그래, 여동생의 말이 맞아. 부모님과 여동생에게 국내 최고의 기업에 다닌다는 자부심을 주고 싶었어.
하지만, 그게 전부는 아니잖아.

"거기서도 잘하면 돼. 꼭 피닉스 길드가 아니라도 있는 자리에서 최선을 다하면 언젠가는 정상에 우뚝 서게 될 거야. 미연아, 그러니까 오빠 믿어. 오빠가 잘할게."

한정유의 말을 들은 한미연의 눈빛이 처연하게 변했다.
욕심.
갑작스럽게 생긴 행운에 오빠의 처지를 생각하지 않고 욕심을 부렸다는 자책감이 담겨 있는 눈빛으로.
여동생이 입을 닫자 이번에는 어느새 눈물을 그친 어머니가 나섰다.

"내일 출근이라면서?"
"예."
"첫 출근인데 옷이 그래서 어쩌니. 밤이 너무 늦어서……"
허름한 양복을 만지는 어머니의 손길이 떨렸다.
시간이 이리 늦지 않았다면 어머니는 당장에라도 백화점으로 달려갔을 것이다.

"괜찮아요. 오랜만에 양복을 입고 나갔더니 사람들이 잘생겼다고 전부 쳐다봤어요. 어머니가 아주 훌륭하게 낳아주셔서 아무거나 입어도 멋있게 보이거든요."
"그래… 그래도 첫 출근인데. 새 옷을 입혀 보내야 하는데… 미안해서……"

다시 고인 눈물.

어머니. 미안해하지 않아도 됩니다.

그게 어찌 어머니의 잘못이겠어요.

바보처럼 인생을 허비했고 집에서 놀고먹던 백수에게 그동안 양복이 가당키나 했겠어요.

이건 전부 제 잘못에서 비롯된 것이니 자책하시면 안 됩니다.

어제 태풍OR의 사장 남정근은 자신이 입사하겠다는 말을 들은 후 농담하지 말라며 손을 흔들었다.

"이 사람아, 우린 피닉스 길드처럼 돈을 많이 못 줘. 그리고 자네는 피닉스에서 좋은 조건으로 합격할 게 분명한데 무슨 소리야. 날 놀리는 거라면 사양하겠네."

"돈은 먹고살 만큼만 있으면 됩니다."

"자네, 도대체 왜 이러나?"

"내가 태풍을 선택한 건 사장님이 마음에 들었기 때문입니다. 더 이상 다른 이유가 필요합니까?"

"음… 정말인가?"

이게 일의 전말이다.

그렇다.

자신이 회사에 들어가려고 했던 건 고생하는 부모님을 편안하게 하기 위함이었지, 출세 때문이 아니었다.

나는 어디에 있든 나다.

내가 있는 곳이 천하의 중심이야.

*   *   *

첫 출근.

언제나 자신보다 늦게 일어나던 어머니는 새벽부터 일어나 어젯밤에 빨아 넣은 와이셔츠를 다리셨다.

어머니는 밤늦게까지 일하시느라 8시가 되어야 겨우 일어났지만 오늘은 아들의 첫 출근을 위해 피곤한 몸을 애써 일으키셨다.

그 모습을 보면서 조용히 아침밥을 먹었다.

이 아침도 어머니가 새벽부터 일어나 준비해 놓으신 거다.

생일도 아닌데 미역국을 끓이셨어.

어머니에게는 아들이 첫 출근하는 오늘이 생일처럼 느껴지셨던 거겠지.

정갈하게 다려진 와이셔츠.

자신이 힘들게 다렸지만 여기저기 두 줄이 가 있던 와이셔츠가 오늘은 칼날처럼 날이 세워져 있었다.

"다녀오겠습니다."

부모님께 정중히 인사를 했다.

두 분은 현관까지 마중 나와 아들의 첫 출근을 배웅했다.

더없이 기꺼운 웃음으로.

                    *   *   *

태풍OR이 있는 노량진까지는 버스로 30분이면 간다.

하지만 그 버스가 지옥이다.

얼마나 많은 사람들이 타는지 어머니가 애써 다려주신 와이셔츠가 여기저기 주름질 정도였다.

버스 정류장에서 내려 노량진역 뒤쪽으로 한참 걸어 들어가자 제법 커다란 5층 건물이 나왔다.

사무실에 도착하자 사장인 남정근이 직접 나와 기다리는 게 보였다.

"어서 오게."

"감사합니다."

"올라가지. 내가 주요 간부들을 모이라고 했으니 일단 인사부터 하자고."

과한 느낌이 든다.

자신 역시 전생에 거대한 조직을 운영해 본 경험이 있지만 새로운 신참을 이렇게 대우해 준 적은 없다.

신참은 신참답게 본분이 있는 것이니까.

남정근을 따라 사장실로 들어서자 예상했던 것처럼 어색하고 싸늘한 기운이 흘렀다.

"인사하지. 이 사람은 통제본부장, 그리고 여긴 추적본부장, 저 사람은 기획이사. 에 또, 예산이사……."

무려 여덟 사람이 차례대로 호명되었다.

그때마다 무조건 정중하게 인사를 했다.

비록 그들의 얼굴에 못 마땅한 기색이 역력했지만 모른 체했다.

소개를 전부 마친 남정근이 자랑스러운 얼굴로 간부들을 향해 한정유를 소개하기 시작했다.

"이 친구는 내가 어쩌다 얻은 보물일세. 앞으로 추적본부에서 일하게 될 테니 그리 알게. 정 이사!"

"자네는 회의에 빠져도 좋으니 이 친구를 직원들에게 인사시켜 줬으면 좋겠는데?"

"사장님, 제가 급히 보고할 일이 있습니다."

"일단 이 친구 인사부터. 보고는 천천히 받는 걸로 하지."

단호한 음성.

그는 회의가 없었다면 한정유를 인사시키는 자리까지 따라올 기세였다.

그랬기에 한정유는 타이밍을 잡아 입을 열었다.

"사장님, 직원들하고는 제가 알아서 인사하겠습니다. 이사님께
서 보고할 게 있다니 저 혼자 가게 해주십시오."
"어, 그럼 그럴까?"

눈치는 빠르다.
자신이 간곡한 시선을 보내자 즉각 상황을 눈치채고 몸을 돌
리는 걸 보면 능구렁이는 맞다.

＊　　　　　＊　　　　　＊

간부들에게 다시 한번 정중하게 인사를 한 후 사장실을 빠져
나왔다.
그런 후 추적본부라 적혀 있는 사무실로 향했다.
문을 열고 들어서자 50여 명의 인물들이 자리를 지키고 있는
게 보였다.

조직 생활에서 새로 들어온 신참에게 가장 필요한 건 먼저 인
사할 대상을 찾는 것.
사무실을 대충 둘러본 한정유가 가장 뒤쪽 원형 탁자에 앉아
있는 사람들 쪽으로 걸어갔다.

앉아 있는 사람은 셋.

전부 다리를 꼰 채 커피를 마시고 있었는데 어딘지 모르게 여유가 있었다.

"안녕하십니까. 이번에 추적본부로 배치된 한정유라고 합니다."

"자네가 본부장님이 말한 낙하산이야?"

"무슨 말씀이신지……?"

"5년 경력자로 들어왔다며?"

"그렇습니다."

"이 일은 해봤어?"

"아닙니다. 처음입니다."

"그런데 왜 경력 대우를 받았나?"

"그건 잘 모르겠습니다."

"사장님하고 특별한 관계가 있다는 소문이 있던데?"

"없습니다."

"별일이군. 아무리 피닉스 길드에서 최종 면접까지 갔다지만 불합격한 자를 5년 경력자로 대우를 하다니……. 뭔가 냄새가 나."

차가운 목소리. 그리고 흘러나온 적대감.

단추가 잘못 꿰졌다는 생각.

피닉스 길드에서 화가 난다고 개판치고 왔더니 여기도 만만치 않다.

이 세계는 뭐가 이리 복잡한 걸까.

"어쨋든, 새로 왔으니 잘해보자고. 난 자네를 떠맡은 문재성이야. 추적1팀장. 그리고 여긴 2팀장이고 이쪽이 5팀장. 나머지 팀들은 지금 출장 중이니까 나중에 인사하도록."

"알겠습니다."

"야, 김 과장. 이 친구, 애들하고 인사 좀 시켜!"

*　　　　*　　　　*

그 시각.

사장실은 금주의 출장 계획과 예상 배정, 그리고 지, 출입 내역 등 회사의 주요 내용들이 보고되는 중이었다.

차례차례 본부장들의 보고를 받은 남정근은 자신이 생각하고 있던 업무 지시를 내린 후 느긋한 표정으로 커피 잔을 들었다.

간부 회의는 보고 내용이 끝나면 커피 타임으로 들어가는 것이다.

여기서 회사 내의 업무 외적 대소사가 거론되는데, 본부장들의 제안과 건의가 이 시간에 이뤄진다.

먼저 입을 연 것은 통제본부장 조창민이었다.

"사장님, 물어볼 게 있습니다."

"뭐지?"

"오늘 아침에 출근했더니 저 친구 얘기를 인사팀장이 하더군요. 5년 경력자로 받았다면서요?"

"그랬지."

"제가 듣기로 피닉스 길드 최종 면접까지 갔다던데요?"

"맞아, 그 정도로 능력 있는 친구야. 그래서 5년 경력자 대우를 해준 거고."

"그래도 이건 너무 과합니다. 이전에 들어온 직원들이 가만있지 않을 겁니다."

"가만있지 않으면?"

"조직에서 그런 경우가 생기면 위화감 때문에 분위기가 나빠집니다. 그 친구에게도 결코 좋지는 않아요. 잘 아시잖습니까."

이번에 나선 것은 한정유가 소속된 추적본부장 정용택이었다.

그는 다른 사람과 다르다.

직접 한정유를 데리고 있어야 하기 때문에 직접적인 연관이 있다.

하지만, 사장인 남정근은 그의 이야기를 들으며 여유 있게 미소를 지었다.

"능력이 있는 사람은 그만 한 대우를 받아야 된다고 생각하네. 그 친구로 인해 매년 죽어나가는 직원들의 숫자를 줄일 수만 있다면 절대 손해가 아니야."

"그 친구가 얼마나 능력이 있는지 모르겠지만, 그런다고 희생 직원의 숫자가 줄어들겠습니까?"

이번에도 정용택이다.

그는 이 기회에 한정유에 대한 처우를 일반 직원과 동등하게 맞추고 싶어 하는 것 같았다.

당연한 생각.

자신이 맡은 조직이 누군가 때문에 불협화음이 생긴다면 아무리 능력 있는 자라 해도 없느니만 못하다.

정용택의 말을 받아 여러 사람이 똑같은 건의를 해왔다.

아무리 좋은 인재라도 특별한 대우를 해주면 조직 문화를 해친다는 것이었다.

그때, 남정근의 등이 의자에서 떨어져 앞으로 나왔다.

그리고 그의 손에 들린 신문이 임원들의 앞으로 던져졌다.

대문짝하게 내걸린 타이틀.

「피닉스 길드, 신입 사원 공채로 5명 채용. 수석 입사자 마종현.」

그러나 그의 시선이 가 있는 곳은 그곳이 아니라 조금 밑에 있는 작은 기사 내용이었다.

「피닉스 길드, 공채 시험에 관한 괴소문 발생」

어제 있었던 실기시험에서 최초로 스켈레톤의 방어선을 격파한 응시자가 있다는 소문이 돌고 있다. 스켈레톤은 피닉스 길드 공채 시험을 시작한 후 15년 동안 한 번도 깨지지 않은 난공불락으로 알려졌는데 응시생들을 중심으로 괴소문이 퍼지고 있는 중이다. 한편, 피닉스 길드 쪽에서는 워낙 시험이 어려웠기 때문에 응시생들이 고의로 과장된 소문을 퍼트린 게 아닌가란 추측을 하면서 절대 그런 일은 없었다는 공식발표를 했다.

"사장님… 설마!"
"왜 아니겠나. 한정유가 바로 그 주인공일세."

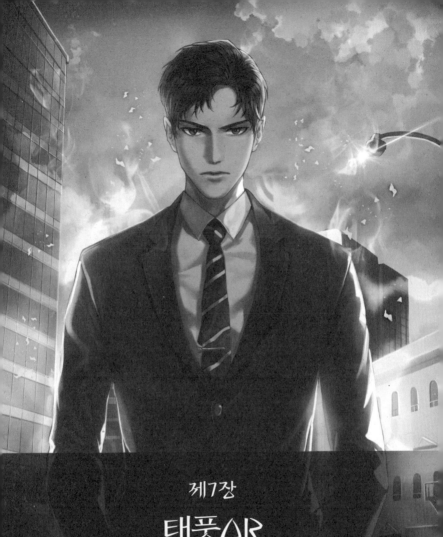

제7장

태풍OR

　직원들과 대충 인사를 끝내고 태풍OR의 조직을 살폈다.

　현장 요원들은 통제본부와 추적본부에 소속되었는데, 그 숫자가 300명이나 되었다.

　나머지는 관리직이다.

　관리직이란 현장 요원들이 원활하게 업무를 진행할수록 돕는 조직을 말한다.

　통제본부는 길드가 헌터를 사냥할 때 특정 반경을 차단해서 일반인의 접근을 막고, 추적본부는 사냥터에서 빠져나온 괴물들을 차단하는 업무를 맡는다.

　당연히 희생자는 추적본부에서 나온다.

최근 들어 점점 던전 발생 회수가 증가하고 있었는데 헌터들이 놓친 괴물들이 자주 포위망을 빠져나와 도시로 접근했기 때문에 태풍OR에서는 한 달에 2, 3명 꼴로 희생자가 발생했다.

이유?

물론 난전 속에서 포위망을 뚫고 나올 수도 있다. 던전에서 워낙 많은 괴물들이 나오니 그럴 수도 있겠지.

하지만, 한정유는 왠지 모를 이상함을 느꼈다.

과연 그럴까.

거대한 조직을 이끌었던 경험이 다른 생각을 하게 만들었다.

고의로 괴물들을 포위망 밖으로 나가게 만들었을 가능성은?

길드의 존재감을 높이기 위해서 말이야.

그래야 정부도 국민들도 길드가 자신들의 생명을 지켜준다고 믿을 테니까.

이제야, 사장인 남정근이 길드 근처를 기웃댄 이유를 알겠다.

실력자가 간절히 필요했기 때문이다.

포위망 밖으로 빠져나온 괴물들을 처치할 수 있는 실력자가 추적본부에 있다면 태풍OR은 희생자를 대폭 줄일 수 있을 것이다.

자신을 힐긋거리며 수군거리는 소리가 들렸지만 한정유는 회사를 소개하는 책자를 보며 자신의 책상에 앉아 시간을 보냈다.

평상시에는 할 일이 없단다.

하긴, 던전이 생겨야 출동하는 직업이니 평상시에는 여전히 백수다.

*　　　　*　　　　*

"씨발 놈이 낙하산이면 낙하산이지, 5년 경력이 뭐야. 5년 경력이면 김 과장님하고 같은 급 아닙니까?"

"태생이 금수저인가 보지. 사장님이 직접 꽂았단다."

"아, 배알 꼴려서 못 보겠네. 저 새끼 배 때지는 키메라 이빨이 안 들어간답니까."

유천만이 웅얼거리며 불만을 토해냈다.

거친 세계에 살다 보니 입에 욕을 달고 산다.

평소에는 한가하게 지내지만 근본이 목숨을 걸고 사는 직업이니 자연스럽게 거칠어질 수밖에 없다.

더군다나 이번 달에도 한솥밥을 먹던 동료들이 2명이나 죽어 나갔다.

그런 상황에서 툭 하고 떨어진 한정유의 존재는 그동안 쌓여왔던 불만을 폭발하게 만들었다.

하지만, 그의 불만은 김천수에 비하면 아무것도 아니었다.

5년 동안 죽을 고비를 겨우 넘겨 작년에 과장을 달았다.

비록 초급 간부였으나 그에게는 키메라의 발톱에 당한 가슴팍의 상처처럼 영광스러운 상징이었다.

그런데 이제 막 들어온 신입 사원이 자신과 같은 반열이라니 억울해도 너무 억울했다.

사장의 부탁으로 다른 길드에서 채갈까 봐 임원진들이 정체를 함구했기 때문에 그들은 한정유를 단순한 낙하산 정도로 생각하고 있었다.

"일단, 입단식부터 하자. 저놈 기세부터 꺾어놔야 하니까 점심 먹은 다음에 창고 뒤로 불러내."

"알겠습니다. 화끈하게 해야죠. 저런 낙하산일수록 아주 확실하게 죽여놔야 다른 생각을 갖지 않을 겁니다."

"평소대로 해. 너무 티 나게 하지 말고."

"걱정 붙들어 매십시오. 그거야 내 전문 아닙니까."

*　　　　　*　　　　　*

오전 내내 사무실 책상에 앉아 있었더니 죽을 맛이었다.

백수로 살아온 게 몸에 배서 그런가.

갑자기 자유를 박탈당했다는 생각이 들자 온몸이 뻣뻣하게 굳어졌다.

그나마 다행스럽게 시간이 흘러 점심시간이 돌아왔다.

이곳도 피닉스 길드처럼 구내식당이 있다고 들었기에 12시가 되자 밥을 먹기 위해 자리에서 일어났다.

그때, 한 놈이 불쑥 다가오더니 그의 이름을 불렀다.

"한정유 씨, 식사하고 A동 뒤쪽 창고로 나와. 오늘 입단식 있어."

"거기가 어딥니까?"

"식당에서 나와 좌측을 보면 보일 거야. A라고 크게 쓰여 있으니까 금방 찾을 수 있다."

회사는 환영회를 좋은 식당에 가서 한다고 들었는데 그게 아냐?

무슨 입단식을 창고 뒤에서 해.

대충 알겠어. 무슨 뜻인지.

오전 내내 아무도 말을 붙여 오지 않았고 자신을 바라보는 시선에 적의가 깔려 있었다.

불만에 가득 찬 표정들.

월급 많이 주는 회사라고 해서 좋아라 했더니 여기도 야수들이 사는 모양이네.

그래도 그렇지, 5년 경력을 받고 왔으니 자신은 과장이다.

그런데 대리가 함부로 말을 까?

밥은 맛있었다.

물론 피닉스 길드처럼 호화스럽게 나온 건 아니었으나 백수로 살면서 오천 원짜리 점심을 먹은 것에 비하면 진수성찬이 따로 없었다.

밥도 혼자 먹었다.

아무도 자신이 먹는 쪽으로 다가오지 않았는데 겨우 한 칸 너머에 앉은 것은 관리직 직원들이었다.

밥을 다 먹은 후 식당을 빠져나와 좌측 건물을 확인하고 천천히 걸어갔다.

다가온 직원의 이름이 유천만이라고 했지?

처음부터 반말을 한 놈.

직책은 낮아도 입사 선배란 생각에 한수 접어두었지만 기분이 썩 좋지는 않았다.

유천만의 말대로 좌측 건물에는 A라는 커다란 팻말이 붙어 있었다.

분명 통제를 위한 장비들이 잔뜩 들어 있을 것이다.

거대한 창고 문을 열고 들어서자 자신이 속한 팀원들이 전부 모여 있는 게 보였다.

하아, 언제 밥을 다 처먹고 여기에 몰려 있는 거야.

"빨리 뛰어와. 전부 기다리고 있는 거 안 보여?"

유천만이 소리치는 걸 보면서 한정유의 얼굴이 슬쩍 굳어졌다.

예상대론가?

놈의 말대로 뛰진 않았다. 난 뛰는 덴 익숙하지 않아. 날아다니는 건 몰라도.

하지만 그게 놈의 신경을 건드린 모양이다.

"어쭈, 지금 개기는 거야?"

아무 말 않고 그저 보기만 했다.

어떻게 나오는지 먼저 확인할 필요성이 있었다.

"차려, 열중 쉬어!"

"어이, 유 대리. 지금 뭐 해?"

"어이, 유 대리?"

"그럼 뭐라고 부를까. 과장이 대리 부르는데 상사 대하는 것처럼 해야 돼? 목소리 낮추고 설명해 봐. 난 입단식한다고 해서 왔어. 이게 입단식이야?"

"어쭈, 5년 경력 받고 왔으니까 고이 당하지 않겠다, 이거지. 이 씨발 놈이, 우리 태풍OR 추적본부가 홍어 좆으로 보인 모양이네."

갈수록 태산이네. 자신이 속한 추적1팀의 정원은 10명.

하지만 이곳에 모인 사람은 일곱.

이번 달에 두 명이 괴물들에게 죽어 아직 충원이 안 됐단 소리 들었다.

결국 팀장을 빼곤 전부 모였다는 뜻인데, 이중 최고참은 자신과 경력이 비슷한 김천수였다.

직책은 과장.

여기서 경력과 직책으로 따진다면 자신과 같다.

신입이지만 자신은 5년 경력을 받고 왔으니까.

유천만의 어이없는 고함 소리를 들으며 한정유의 시선이 김천수 쪽으로 향했다.

"김 과장, 이게 뭐 하는 겁니까?"

"입단식이지. 네가 우리 추적3팀에서 어떻게 살아야 하는지 가르쳐 주는 자리."

이놈도 별반 다를 게 없다.

과장이라서 조금 다를 줄 알았더니 놈의 행동으로 봤을 때 이 일을 만든 주관자가 김천수였던 모양이다.

쓴웃음이 나왔다.

결국 최고참부터 말단까지 자신을 고깝게 여겼다는 뜻이고, 위계질서란 명목으로 자신의 군기를 잡겠다는 뜻이다.

자신도 모르게 음성이 서서히 바뀌었다.

"말해봐. 어떻게 살아야 되는 건지."

"우리는 목숨을 걸고 살아. 새로 들어오면 최단 시간에 조직의 분위기를 알아야 해. 그중 가장 중요한 게 위계질서고. 위계질서가 무너진 조직은 모래알이 되어 서로에게 목숨을 맡길 수 없게 돼. 입단식은 그걸 가르쳐 주는 거다."

"변명치고는 근사하군."

"너는 5년 경력을 받고 와서 우쭐한 마음이 들겠지만 우린 아냐. 한마디로 기분이 좆같지. 목숨을 걸고 같이 싸워야 하는데 그런 불평등이 우린 싫다. 몇 대 맞아. 그리고 5년 경력은 잊고 최말단부터 시작해. 그럼 시작은 나빴지만 괜찮아질 거야."

"내가 입에 붙은 소리가 있어. 오랫동안 백수로 지내다 보니 나이만 처먹어서 나보다 어린 놈이 반말을 하면 기분이 더러워. 김 과장, 우리 쉽게 말하자. 결국 내가 5년 경력을 받고 스카웃된 게 너희들 마음에 들지 않는단 거잖아?"

"이 새끼가. 정말 개길 생각인 모양이군."

"난 진짜 회사에 입사하고 싶었다. 우리 부모님과 동생이 나 때문에 고생을 많이 했거든. 그래서 회사에 입사하면 동료들과 사이좋게 잘 지내겠다고 다짐했어. 지금까지 참은 것도 그것 때문이고."

"피닉스 길드 최종 면접까지 갔던 걸 자랑하고 싶은 거냐. 그까짓 프로그램에 있는 괴물들 몇 처치했다고 네가 대단한 능력자라도 된 것 같아. 이 씨발 놈아. 우린 현장에서 동료들이 죽어가는 걸 직접 보며 싸워온 사람들이야. 어디서 개겨!"

김천수의 목소리가 커지자 한정유의 웃음이 더욱 진해졌다.

너희들이 목숨을 걸고 싸우는 전장을 알면 얼마나 알아.

난 초고수들이 벼락을 때리는 전장에서 무려 5년을 뒹굴며 무림을 일통시킨 사람이었다.

"무슨 말인지 충분히 알아들었다."

"그럼 맞을 테냐?"

"너희들이 원하는 게 위계질서잖아. 그 위계질서, 내가 확실하게 정해준다. 바로 지금. 어떻게 할까. 전부 덤빌래. 아니면 너 혼자?"

"으… 이 미친놈이 정말."

"난 말로 하는 거 안 좋아해. 오직 주먹부터!"

한정유의 몸이 번뜩 하고 움직였다.

그런 후 이를 악무는 김천수의 아구통이 날아갔다.

그럼에도 훌륭하다.

자신의 공격에 반응을 보이며 몸을 피하는 걸 보면 목숨 걸고 싸워왔다는 게 헛말이 아닌 것 같았다.

피하면 더 맞는다.

난 한번 주먹을 들면 그냥 대충 끝내는 성격이 아니야.

김천수부터 뒤에 우르르 몰려든 유천만과 팀원들까지 돌아가면서 골고루 팼다.

창고에서 난데없이 곡소리가 진동했다.

한정유는 다치지 않으면서도 아픈 데만 골라 팼는데, 일하는 데 지장이 있으면 곤란했기 때문이다.

그것만으로도 팀원들은 벌레처럼 바닥을 뒹굴면서 제발 그만하라며 비명을 질렀다.

특히 자신에게 엎드려뻗치라며 이를 드러냈던 유천만은 아예 고개조차 들지 못하도록 짓밟았다.

놈이 일반 직원들의 행동대장 격이란 걸 눈치챘기 때문이다.

얼마나 팼을까.

팀원들이 먼지가 잔뜩 묻은 몸으로 전부 한참을 바닥에 뒹굴었을 때 한정유가 천천히 주먹을 걷어들었다.

"자, 이러면 위계질서는 대충 잡혔겠지. 부족하면 더 하고. 어때?"

"됐어. 그만해. 더 하면 애들 일 못 나가. 내가 잘못 생각해서 발생한 일이니까 여기서 끝내."

"만약 또 위계질서 어쩌고 할 생각이 있으면 언제든지 덤벼도 돼. 하지만, 가급적 그러지 마. 직원들 팔, 다리 부러뜨리는 건 내 취미가 아니거든."

추적1팀장 문재성은 점심을 먹은 후 여유 있게 사무실로 돌아와 다른 팀장들과 함께 테이블에 앉았다.

관리직 여직원이 커피를 내려놓고 돌아가자 궁금한 표정으로 추적3팀장이 슬그머니 입을 열었다.

"오늘 자네 팀 점심에 직원들 안 보이던데?"

"그걸 뭘 묻나, 입단식 하러 데려간 거겠지."

옆에서 5팀장이 불쑥 나서며 웃었다.

이미 알고 있다.

팀장들도 직원들 사이에서 신입 직원이 들어올 때마다 입단식이 있다는 걸 너무나 잘 안다.

그들 역시 그런 과정을 통해 여기까지 올라왔으니.

그래도 오늘은 너무 빨랐다.

입단식은 보통 신입 직원이 사무실 분위기를 파악하고 난 후에 벌어지는 게 통상적이기 때문이었다.

두 팀장의 말에 문재성의 얼굴이 슬쩍 굳어졌다.

그 역시 이미 눈치채고 있었지만 아무 말도 하지 않았다.

5년 경력을 받고 왔다는 소문이 돈 후부터 직원들의 표정이 좋지 않다는 걸 느꼈고 자신 역시 거부감을 가졌다.

그럼에도 한정유가 왔을 때 기쁜 마음부터 들었다.

이번 달 들어 2명이나 희생자가 나왔기 때문에 일손이 부족한 상황이었다.

더군다나 피닉스 길드의 최종 면접까지 갔다면 꽤나 실력이 있을 테니 잘만 가르치면 훌륭한 직원으로 성장시킬 수 있을 것이다.

문제는 기존 직원과의 융화.

입단식이 있는 건 태풍OR뿐만 아니라 모든 회사에서 가지고 있는 병폐였다.

목숨을 걸고 살아가는 자들이기에 조직의 융화와 위계질서를 확보한다는 미명 아래 매년 벌어졌지만, 전부 모른 체하는 건 그 병폐가 한편으로는 꽤나 유용하다는 걸 알기 때문이다.

이번에도 마찬가지.

입단식이 지나고 나면 위계질서가 잡혀 추적1팀은 원 팀으로 거듭나게 될 것이다.

문제는 조직원들이 얼마나 험악하게 다루냐는 건데, 5년 경력 자란 타이틀이 그를 살짝 불안하게 만들었다.

"애들이 잘 알아서 하겠지."

"그놈 성격이 보통 아닌 것 같은데 일이 커지면 문제가 생길 수 있어. 괜히 팔이나 다리가 부러지면 사장님 귀에까지 들어가서 난리가 난다고. 갠 사장님이 데려온 애잖아. 문 팀장, 슬쩍 가 보지 그래. 애들 분위기 보니까 장난 아니던데?"

"언제 팀장이 그런 일에 끼어들었나. 그리고 팔, 다리 한 짝 부러지는 게 뭐가 대수야. 부러지면 치료하면 돼. 위계질서만 확실하게 잡히면 그런 건 문제도 아냐."

"그래도 과장이 일반 직원들에게 얻어터지는 건 좀 그렇지 않나?"

"갠 마이가리 과장이잖아. 그것 때문에 우리 애들이 열 받은 거고. 내버려 둬. 김 과장이 생각보다 생각이 깊으니까 적당히 할 거야."

"하긴, 천수가 강단이 있긴 하지."

"그나저나, 이제 슬슬 소식이 올 때가 됐네. 우리 차롄데 제발, 하나만 열려라. 한꺼번에 열리지 말고."

"지방에서 열리면 최소 3일이야. 이놈의 인생 맨날 출장이나 다녀야 하고. 마누라는 맨날 징징대니 죽을 맛이야. 언제 일을 당할지 모르니까 불안한가 봐."

"새삼스럽게 그런 말은 왜 해?"

"어, 한정유 들어온다. 멀쩡한데. 문 팀장 말대로 천수가 대충 한 모양이네. 그런데 왜 혼자 들어오지?"

세 사람의 시선이 동시에 움직였다.

추적5팀장의 말대로 한정유가 말짱한 모습으로 혼자 여유 있게 사무실로 들어왔기 때문이다.

아무리 쉬쉬해도 소문은 총알처럼 전 회사로 퍼져 나갔다.

입단속을 했지만 사람의 주둥이는 생각보다 가벼워 슬금슬금 열리게 되어 있다.

소문은 간단했다.

추적1팀 입단식에서 새로 들어온 한정유가 팀원들을 개 패듯 팼다는 것이었다.

믿겨지지 않는 소문.

아무리 실력이 있어도 혼자 일곱 명을 박살 낸다는 건 쉽게 믿을 말이 아니었다.

그러나 그 소문은 어이없게도 김천수가 자신의 동기들에게 고백하면서 사실로 드러났다.

그가 입을 연 것은 추적1팀의 새로운 위계질서가 성립되었다는 걸 다른 팀에게 알려주기 위함이었고, 자신이 말하지 않아도 금방 한정유의 실력이 드러날 것임을 알기 때문이었다.

무시무시한 실력.
자신이 가지고 있는 모든 무공을 동원했지만 상대조차 되지 않았다.
환생한 후 8년 동안 익힌 내공을 전부 쏟아 부었으나 한정유는 내공조차 쓰지 않고 자신과 팀원들을 박살 냈다.

팀원 중에 마력을 쓰는 놈도 있으나 마찬가지였다.
덤빌수록 점점 때리는 강도가 커졌기에 잘못하면 죽겠다는 생각이 들어 시간이 지나면서 아예 일방적으로 얻어맞았다.
그게 몸을 온전하게 남겨두는 최선의 방법이었다.

소문이 사실로 드러나자 추적본부는 물론이고 통제본부와 관리본부 직원들 전체가 한정유를 보면 슬슬 피했다.
자칫, 시비가 걸리는 걸 두려워하는 모습들이었다.

"받아."
"이게 뭡니까?"

"자네가 말했던 칼. 꽤 비싸게 주고 샀어."

"얼만데요?"

"이천오백만 원. 무기 백화점에서 제일 비싼 놈으로 가져왔다. 새로 나온 신소재로 만들어져서 강철합금으로 만든 칼보다 훨씬 경도가 높단다."

"설마, 월급에서 까는 건 아니겠죠?"

"내가 그 정도로밖에 안 보였어? 이건 내가 주는 선물이야. 자네 입사 기념으로."

"그럼 고맙게 받겠습니다. 보답으로 돈 많이 벌게 해드리죠, 이 칼로."

"푸하하… 부디 그래주게."

남정근이 통쾌하게 웃으며 사랑스러운 눈길로 한정유를 바라봤다.

도갑에서 칼을 뽑아 들자 은은한 빛이 흘러나왔다.

뭐로 만들었는지 모르겠지만 묵직한 무게와 손에 달라붙는 감촉이 너무나 좋았다.

투웅!

손가락으로 도첨을 때리자 가슴을 긁는 소리가 들려왔다.

한눈에 알 수 있었다.

이놈은 진짜다.

얼마 만에 잡아보는 칼인가.

자신의 독문무공 섬전십삼뢰. 하늘에 충만한 뇌전의 기운을 빌어 벼락을 만들어 내는 천고의 절기.

이제 칼이 생겼으니 어떤 놈도 두렵지 않다.

홍분으로 슬쩍 붉어진 남정근의 얼굴에서 만족스러운 웃음이 흘러나왔다.

자신의 선물을 받은 후 기뻐하는 한정유의 모습을 기꺼워하는 얼굴이었다.

"보고 들었어. 첫날부터 화려했더구만."

"소문이 빠른 모양입니다."

"대충 해줘서 고마워. 안 다치게 한 건 업무에 지장이 있을까 봐 그런 거지?"

"족집게 도사시네요."

"오늘 같이 술 한잔할 텐가?"

"출근 첫날이라 가족들하고 외식하기로 했습니다."

"그래, 그럼 안 되겠군."

"그래서 말인데요. 백수로 오래 살았더니 주머니가 텅텅 비어 있습니다. 사장님, 미안한 말씀이지만 가불 좀 해주실 수 있을까요?"

"얼마나?"

"오십만 원 정도면 되겠는데요."

"이왕이면 첫 출근 기념이니까 좋은 데 가서 먹어."

남정근이 그 자리에서 자신의 지갑을 열었다.

그런 후 주섬주섬 한 뭉치의 돈을 꺼내더니 한정유의 앞으로 밀어놓았다.

"지갑에 있는 돈을 전부 꺼내시면 어떡합니까. 가불해 달라고 했지 언제 사장님 지갑 털으라고 했어요. 이러면 제가 강도가 되잖아요."

"이건 그냥 주는 거 아니야. 자네가 괴물을 잡으면 특별 보너스가 나와. 월급을 건드리는 건 좀 그러니까 거기서 까겠네."

"많이 잡으라는 말로 들리네요."

"빙고!"

"그러죠. 앞으로 책임지고 열심히 잡겠습니다."

*   *   *

오늘 입사기념으로 밥을 먹자고 제안한 것은 아버지였다.

아버지는 어떤 식으로든 아들의 입사를 축하해 주고 싶었던 것 같다.

그 마음을 너무나 잘 알기에 일찍 돌아오겠다고 약속했다.

아버지의 지갑 형편을 안다.

그래서 남정근의 지갑을 털었다.

뒤늦게 확인해 보니 86만 원이었다.

이 양반, 지갑에 뭔 돈을 이렇게 많이 들고 다녀. 카드로 모든 것을 다 하는 세상에 살면서.

일찍 퇴근하며 팀장에게 정중하게 인사를 하고 나왔다.

생각한 것과 달리 문재성은 자신이 팀원들을 초토화시켰다는 걸 알면서도 전혀 나무라는 표정이 아니었다.

집으로 들어와 가족들이 돌아오길 기다렸다.

아버지는 항상 7시면 들어오셨지만, 먼저 오신 건 어머니였다.

"일찍 오셨네요?"

"응, 사장님한테 사정 이야기했어. 우리 아들, 첫 출근이었는데 오늘 잘했어?"

"그럼요. 일 잘한다고 사장님한테 칭찬받았는걸요."

"정말이지?"

"회사가 좋아요. 회사가 얼마나 큰지 오늘 하루 다 돌아보지 못했어요. 직원들 숫자도 500명이나 되더라고요."

"장해, 우리 아들."

어머니는 아침부터 퇴근까지 있었던 일들을 물어보면서 연신 웃음을 지었다.

사랑이 가득 담긴 눈길.

세상에서 제일 잘난 아들을 보는 눈길이었다.

아버지가 들어오셨고 뒤이어 여동생이 들어왔다.

같은 걸 물었다.

가족들은 재탕, 삼 탕을 해야 할 만큼 비슷한 것들을 계속 물었다.

"이제 그만하고 식사하러 가요. 오늘은 우리 가족 맛있는 거 먹어요."

"그러자, 내가 살 테니까 좋은 데로 가자."

"아뇨, 오늘 사장님이 일 잘했다고 보너스 주셨어요. 저녁은 제가 살게요."

"오빠, 출근 첫날에 무슨 보너스를 줘. 말도 안 되는 소리잖아!"

"이 회사는 그런 게 있어. 그러니까 토 달지 마라. 가시죠."

당당하게 집을 나섰다.

그리고 집 근처에서 제일 비싸다는 소고기 전문점으로 가족들을 데려갔다.

백수로 지낼 때는 꿈도 꾸지 못한 곳이었으나 주머니에 현찰이 두둑하자 아무런 걱정이 없었다.

웃음꽃이 피었다.

부모님은 연신 즐거움을 참지 못한 채 웃으셨고, 여동생은 이것저것 회사에 관한 것을 물어보며 부모님의 궁금증을 대신했다.

진동으로 해놓은 핸드폰이 요란하게 울리기 시작한 것은 식사를 거의 마칠 때였다.

　"한정유입니다."
　"나, 김 과장이야. 비상, 지금 용인 쪽에 던전이 열렸어. 긴급 출동해야 해."
　"어디로 가면 돼?"
　"차 없지?"
　"지금까지 백수였다니까."
　"지금 위치 어디야? 우리가 태우러 갈게!"

제8장

용인 던전

놀라는 가족들을 뒤로하고 김천수가 가져온 차를 타고 용인
으로 향했다.

완벽한 무장.

애들은 퇴근도 안 했나?

언제 갈아입었는지 팀원들은 검은색 방탄복을 입고 있었는데
위아래가 전부 새까매서 어둠 속이라면 눈동자만 보일 것 같았
다.

"이거 입어."

"내 옷이냐?"

"응, 내일 지급하려고 물품관에 있던 걸 내가 집어 왔다."

"팀장님은?"

"먼저 1차로 출발하셨어. 우리가 조금 늦었다."

한정유는 김천수가 던져준 방탄복으로 갈아입으며 입맛을 다셨다.

선명한 로고. 바로 태풍OR을 상징하는 삼각별이 가슴에 붙어 있는데 막상 착용하자 온몸에 달라붙듯 밀착되었다.

출근 첫날부터 이게 웬 날벼락인지 모르겠네.

12인승 플렉톤이 막혀 있는 시가지 도로를 피해 외곽으로 빠져나갔다.

그럼에도 늦었다며 김천수는 긴장된 표정을 지우지 못했다.

용인까지의 거리는 1시간.

하지만 러시아워 시간이기 때문에 훨씬 더 걸릴 것이다.

현장에 도착하자 통제조가 태풍OR이 맡은 지역에 바리케이트를 세우느라 정신없이 움직이는 게 보였다.

그 사이에서 팀장인 문재성이 걸어 나왔다.

"우리 팀이 맡은 곳은 저기 보이는 교량부터 이쪽 철탑까지야. 지금부터 3개 조로 나뉘어 방어한다. 김 과장."

"예, 팀장님."

"정해진 매뉴얼에 따라 배치시켜"

"알겠습니다."

두 사람의 대화를 지켜보며 주변을 살폈다.

그러나 놀고만 있었던 건 아니다.

팀장이 가리킨 범위는 300m.

9명이 지키기엔 턱도 없이 넓은 공간이었다.

그것도 3조로 나눈다면 만약 괴물들이 나올 경우 희생될 가능성이 컸다.

그랬기에 지시를 내린 문재성이 부지런히 자신 곁을 스쳐 지나갈 때 불쑥 입을 열었다.

"팀장님, 제가 가운데를 맡겠습니다. 그리고 저를 제외한 나머지 인원은 2개 조로 편성해 주십시오."

"뭐야?"

"밥값하겠습니다. 사장님께 약속했습니다. 앞으로 우리 팀에서 희생자가 나오지 않도록 만들겠다고. 저를 믿어주시면 좋겠군요."

"정말… 자신 있나?"

"어떤 경우든, 어떤 괴물이 나오든. 제가 책임지겠습니다."

한정유가 스윽 웃으며 대답하자 문재성의 얼굴이 굳어졌다.

그런 후 결심한 듯 단호하게 입을 열었다.

"좋아, 씨발. 내가 복이 많은 모양이네. 믿어보지. 팀원들 팬 것처럼만 해라. 그럼 내가 업고 돌아다닌다. 대신 심심할 테니 막내나 데려가."

이제 보니 하청 업체는 정말 할 일이 많다.

보통 던전이 열리면 3개의 길드가 움직이는데, 하청 업체인 OR은 그 5배인 15개가 동시에 투입되었다.

어쩐지 하청 업체의 숫자가 더럽게 많더라.

그럼에도 받는 돈은 길드가 가져가는 금액보다 형편없다.

"오늘도 부디 살아남자. 기도!"

누구에게 하는 기도인가.

문재성의 지시에 따라 팀원들이 동시에 눈을 감고 머리를 숙였다.

의문이 들었으나 따라 해줬다.

이들이 하는 기도는 오늘도 살려달라는 간절한 애원이기 때문이었다.

양쪽으로 나뉜 팀원들이 사라지는 것을 보며 한정유는 팀원 막내인 이을용과 함께 자신이 맡은 중앙을 향해 나갔다.

이을용은 작년에 들어왔는데 나이가 23살이었다.

"을용아, 여긴 우리만 온 거 같지 않은데?"

"3개 길드, 15개 OR, 7개의 AS가 투입되었다고 해요. 우리 쪽도 통제팀과 추적팀이 3개씩 왔고요."

"던전이 열리면 몇 마리나 튀어나오는데?"

"규모에 따라 다르지만 적은 건 보통 100마리, 큰 건 200마리 정도. 구홀이 가장 많고 파이톤, 키메라가 대부분이에요. 가끔가다 큰 던전은 살라멘더와 스켈레톤도 튀어나와요. 그땐 길드원들도 죽어나가요. 우리도 죽고."

"그래서 기도하는 거구나. 스켈레톤이 나오지 말아달라고."

"그게 그거죠."

"그런데 왜 길드원들은 안 보여?"

"그 사람들은 이미 던전 쪽으로 들어갔을 거예요. 우린 차타고 오지만 그 사람들은 플라잉카를 타고 다니거든요. 그래서 던전이 열리는 신호가 감지되면 제일 먼저 OR이 출동해요. 길드는 그 다음이고. 하지만 먼저 도착하는 건 길드원들이죠."

"봤냐, 길드원들?"

"그럼요. 그 사람들 정말 멋있어요. 길드마다 특정한 갑옷을 입고 나타나는데 장난 아니에요."

"너는 왜 안 들어갔냐?"

"저야, 실력이 부족하니까. 아예 지원도 안 했어요. 제 실력으로는 터무니없다는 거 잘 알거든요."

"부모님은 뭐 하시는데?"

이것저것 물었다.

자신이 맡은 위치에 있다 보니 할 일이 없었다.

언제 포위망을 뚫고 나올지 모르는 괴물을 막연히 기다리는 것.

이 또한 못 할 짓이었다.

그랬기에 한정유는 이을용의 신상을 계속해서 털었다. 대화를 나누는 게 이런 기다림을 해결하기엔 가장 좋은 방법이다.

그러나 그것도 시간이 지나자 따분해졌다.

"지금까지 나온 괴물 중에서 제일 강한 게 스켈레톤이냐?"

"그럴 리가요. 6등급 괴물 헬하운드와 7등급인 와이번까지 나왔어요. 그땐 정말 대단했죠. 각 길드의 골든헌터와 마스터들까지 동원되었거든요. 몇 년 전에 헬하운드 5마리가 나왔을 때 길드원들이 30명이나 죽었어요. 7등급 와이번이 나왔을 땐 50명이나 죽었고요."

"더 이상은 없어?"

"지금까지는요. 그런데 누군가 이상한 소문을 들었데요."

"던전 색깔이 최근 들어 변하고 있대요. 지금까지 나온 던전들은 노란빛에 감싸 있었는데 저번 일산에서 나온 건 푸른 빛이었대요. 거기서 스켈레톤이 무려 10마리나 나와서 많은 사람들이 죽었죠."

"던전 안에는 뭐가 있다는데?"

"그건 극비라서 아무도 몰라요. 20개 길드 모두가 던전 안에 대해서는 대외비로 관리하는데, 정부 쪽도 그것 때문에 골머리를 앓고 있는 모양이에요."

"왜?"

"정보가 차단되기 때문이죠. 던전 생성의 근본적인 이유를 알려면 던전의 구조를 알아야 하는데 길드가 전부 통제를 하니까요. 그래도 어쩔 수 없어요. 길드가 전부 똘똘 뭉쳐 입을 닫으니 정부도 어쩔 수 없는 거죠."

"그런 게 어디 있어. 웃긴 새끼들일세."

"지금은 정부보다 길드가 힘이 더 세서 그래요. 정부의 주요
요직은 말할 것도 없고, 국회의원들도 대부분 길드 사람들인걸
요."

하아, 여기가 이렇구나.

하긴, 이해도 된다.

어느 세계든 힘을 가진 놈이 권력을 쥐는 거 아니겠나.

더군다나 지금은 던전이 수시로 열리며 괴물들이 출현하고 있
으니 총이나 대포로 해결하지 못하는 이상 길드가 보유한 각성
자들을 어쩔 방법이 없다.

"그런데 과장님, 진짜 피닉스 길드 최종 면접까지 가셨어요?"

"누가 그래?"

"그런 소문이 돌더라고요. 그래서 사장님이 스카우한 거라고."

"맞아. 최종 면접까지 갔다."

"그럼 최종 면접에서 떨어진 겁니까?"

"응."

"아, 아깝다. 거긴 들어가면 끝장이라던데. 그럼 어디까지 간
거예요? 설마 5단계까지 간 건 아니죠?"

"갔다."

"거기서 얼마나 버텼어요?"

"버티긴 뭘 버텨. 다 죽여 버렸는데."

"과장님도 가만 보니까 뻥이 세시네요. 대충 믿을 정도만 하셔야지. 그렇게 티 나게 하시면 어떡해요."

"내 말이 거짓말 같아?"

"당연하죠. 피닉스 길드의 5단계는 3급 헌터도 어렵다고 들었는데 과장님이 어떻게 그걸 뚫어요. 말이 되는 소릴 하셔야죠."

"그래, 믿지 마라. 나도 안 믿는 놈을 굳이 믿게 만들 생각 없다. 그런데 우리 계속 이러고 있어야 돼?"

"보통 던전은 하루를 가요. 그러니까 내일 저녁때까지는 꼬박 있어야 할걸요."

던전이 열렸다는 미촉산에서 괴물들의 울음소리와 사람들의 함성이 들리기 시작한 것은 한정유가 벌판에 선 지 한 시간이 지난 후부터였다.

통제팀이 배치된 곳과 추적팀의 간격은 직선거리로 500m, 그리고 거기부터 약 500m 전방이 산자락이었다.

던전이 미촉산의 어디에서 생성된 것인지 모르겠으나 만약 괴물이 포위망을 뚫고 나온다면 통제팀이 일반인을 지키는 곳까지 1km에 불과하다는 뜻이다.

몸이 근질거렸다.

산에서 무슨 일이 벌어지고 있는지 직접 보고 싶었다.

하지만, 한정유는 시선을 산에 던진 채 움직이지 않았다.

여기가 내가 책임진 곳이다.

나에게 월급을 주는 태풍이 지켜야 하는 곳.

그것이 나의 임무였으니까.

기어코 일이 생긴 것은 산 쪽에서 괴물들의 울부짖음이 극도로 커졌을 때였다.

산자락을 통과해서 미친 듯이 달려오는 물체.

자신 쪽이 아니라 좌우로 나뉘어 배치된 팀원들이 방어하기 위해 전진한 곳이었다.

눈을 부릅뜨고 동체 시력을 극대화했다.

그러자 어둠 속을 뚫고 나오는 괴물들의 존재가 확인되었다.

왼쪽 팀장이 간 곳으로 튀어나온 놈은 키메라, 오른쪽 김천수가 팀원을 이끌고 간 곳에 나타난 건 파이튼이었다.

확인이 된 순간 한정유의 몸이 번뜩하고 움직였다.

두 놈을 전부 한꺼번에 처리하긴 어렵다.

그렇다면 오른쪽이 먼저다.

김천수가 이끄는 팀원들의 능력으로 3등급의 파이튼을 감당하기엔 무리가 있기 때문이다.

좋아, 이제 밥값을 해볼까!

"과장님!"

"넌 여기 있어. 갔다 올 테니까."

바짝 얼은 목소리로 고함치는 이을용을 남겨두고 현천보를 펼쳐 땅을 박찼다.

현천보는 근접전의 박투에서 압도적인 효능이 뛰어났지만, 신법으로도 활용할 수 있는 천고의 비기다.

김천수 팀이 지키는 곳까지의 거리는 150m.

전력으로 움직이면 괴물이 도착하기 전에 충분히 잡을 수 있다.

*   *   *

김천수는 팀원들과 산 쪽을 주시한 채 대화를 나누며 시간을 보냈다.

이런 시간의 따분함은 그동안 오랜 경험이 쌓였기에 긴장으로 바뀐 지 오래다.

어느 한순간 목숨이 날아간다.

그 일례가 20일 전 파주에서 생성된 던전을 지키다가 파이톤의 습격으로 두 명의 동료를 잃은 거다.

예상대로 괴물들의 포효가 들렸고 각성자들의 함성 소리가 산 쪽에서 흘러나오는 순간 섬멸 작전이 시작되었다는 걸 알았다.

이제 정말 긴장할 시간.

팀원들도 이야기를 나누던 입을 동시에 닫았다.

얼마나 시간이 지났을까.

갑자기 산 쪽에서 괴물들의 포효 소리가 점점 커지더니 산자락을 뚫고 미친 듯 달려오는 물체가 보였다.

"비상!"

미친 듯 소릴 지르고 자신의 검을 빼 들었다.
덩치로 봤을 때 둘 중 하나다.
파이톤이나 키메라.
제발 키메라이길 바란다.

만약 저기 다가온 웅장한 물체가 파이톤이라면 자신과 동료
들은 죽을힘을 다해야 될 것이다.
그러나, 점점 괴물이 가까이 다가올수록 자신의 염원이 틀렸
다는 것을 알았다.
수도 없이 봤던 모습, 바로 파이톤이었다.

압도적인 덩치.
놈의 철갑처럼 강력한 가죽은 웬만한 무기로는 상처조차 내
지 못했고 5개의 촉수는 단번에 육체를 찢어버릴 만큼 강력했
다.
눈을 질끈 감았다가 떴다.
그런 후 이를 악물고 팀원들을 향해 소리를 질렀다.

"진형 갖춰!"

죽는 한이 있더라도 여기서 막아야 한다.

자신들이 뚫린다면 범위가 확장되기 때문에 통제팀이 파이튼을 잡는 건 가능성이 전무해진다.

그리되는 순간 수많은 일반인들의 희생이 발생되겠지.

그의 고함 소리에 3명의 팀원이 자신의 옆쪽으로 따라붙으며 무기를 앞으로 치켜들었다.

자신과 비슷한 눈빛.

일반 회사원보다 더 많은 연봉을 받은 건 이런 순간 때문이지만 그에 못지않은 긍지도 있다.

누군가를 위해 목숨을 바친다는 것.

그럼에도 팀원들의 눈에 들어 있는 두려움마저 없애라고 할 수는 없다.

"씨발, 다가온다. 놈의 약점은 눈이라는 것 반드시 기억해. 눈을 집중 공략해!"

고함과 동시에 움직이며 마주 달려 나갔다.

그때 공중에서 검은 그림자가 떨어지며 그의 진로를 가로막았다.

"뒤로 물러나. 이놈은 내가 상대한다."

공중에서 떨어진 한정유는 지체 없이 팀원들의 전면을 가로막은 채 돌진해 오는 파이튼을 향해 마주 섰다.

막상 실제로 보니 더 흉포하게 느껴졌다.

프로그램에 있는 놈들과 이놈이 다른 게 있을까.

워낙 정교하게 만들어진 프로그램이었으니 분명 놈의 능력은 비슷할 것이다.

그럼에도 한정유는 3성의 내공을 끌어 올려 달려드는 파이튼의 몸통을 향해 삼권을 찔러냈다.

단천열화권의 제1초식 제1초 격(擊).

쾅광!

한정유의 주먹이 고스란히 파이튼의 몸통에 작렬하자 북이 터지는 소리가 들렸다.

뒤로 밀려난 파이튼이 이빨을 드러내며 흉성을 내지르며 또다시 앞으로 돌진해 왔다.

잠시 비틀거렸지만 치명적인 충격을 받지 않은 모습이었다.

시험에 나왔던 것과 전혀 다른 반응.

아무래도 프로그램이 실체의 능력을 고스란히 반영하지 않은 모양이다.

그렇다 해도 상관없어.

너는 어차피 내 밥이니까.

다시 덤벼온 파이튼의 강철 같은 촉수가 한정유의 전신을 노리고 날아왔다.

충격을 한 번 받았기 때문인지 놈의 흉포성은 최고조에 달한 것 같았다.

정면충돌.

한정유는 현천보를 펼쳐 촉수 공격을 피한 후 그대로 돌진해서 파이튼의 눈을 향해 칠권을 찔러냈다.

제2초식 혼(魂)이다.

그토록 흉포했던 파이튼이 칠권을 얻어맞은 후 비틀거리다가 풀썩 고꾸라졌다.

놈의 머리는 박살이 나 있었는데 형체를 알아보지 못할 정도였다.

"김 과장, 또 나올지 모르니까 경계하고 있어. 난 팀장님 쪽에 가볼 테니까."

"고맙다. 씨발, 죽는 줄 알았네."

설명은 길었지만 파이튼을 때려잡는 데 걸린 시간은 그리 길지 않았다.

다시 몸을 날려 왔던 길을 돌아갔다.

이제 팀장이 지키는 곳까지는 300m.

벌써 왼쪽은 싸움이 벌어졌는지 팀원들이 무기를 휘두르며 정신없이 움직이는 게 보였다.

누군가를 구한다는 것은 언제나 마음을 급하게 만든다.

휘리릭!

근접하지 못하고 내려섰다.

팀원들과 키메라가 미친 듯이 싸우고 있었기 때문에 내려설 곳이 마땅치 않았기 때문이다.

하지만, 곧 그는 팀원들 틈을 뚫고 들어가 삼권을 날려 키메라의 몸통을 때렸다.

그냥 나둬도 될 것 같았지만 위험을 감수하게 만들고 싶지 않았다.

의외로 문재성의 무력은 뛰어나서 키메라와 대등한 싸움을 이끌고 있었던 것이다.

"팀장님, 이놈은 제가 맡겠습니다. 잠시 물러서시죠."

"오케이, 우리 신입 사원이 얼마나 강한지 나도 구경 좀 하자."

보지 못했을 것이다.

파이튼과 키메라가 동시에 산에서 나왔기 때문에 이쪽이나 저쪽이나 비슷한 시간에 괴물들과 마주쳤다.

그럼에도 문재성은 이미 한정유가 다른 쪽의 괴물을 처치하고 이쪽으로 왔다는 것을 눈치챈 것 같았다.

문재성의 지시에 팀원들이 동시에 물러섰고, 한정유가 혼자 앞으로 나서자 키메라가 뜨거운 콧김을 불어냈다.

　놈의 주무기는 이빨.

　근접전에서 사람을 물어뜯어 죽이는 것이 놈의 공격 방법이다.

　자신의 실력을 구경하겠다고 했으니 어디 천천히 놀아볼까.

　한쪽을 이미 해결한 후라 마음이 느긋해졌다.

　"어이, 괴물. 와봐."

　천천히 걸어 이빨을 드러내는 키메라를 향해 손짓을 했다.

　괴물이라도 자존심이 있었나.

　그의 손짓에 키메라가 커다란 이빨을 드러내며 달려들었다.

　그때부터 두들겨 팼다.

　한정유는 내공을 담지 않은 채 키메라를 동네북처럼 팼는데 맞을 때마다 키메라의 입에서 죽는 것처럼 비명 소리가 흘러나왔다.

　그 후로 더 이상 괴물들은 나오지 않았다.

　키메라가 쭈욱 뻗었을 때 문재성과 팀원들은 제자리에 서서 꼼짝하지 못했다.

　아마, 제정신이 아니었을 것이다.

　괴물들을 처리한 후 본래 자신의 자리로 돌아와 방어선을 펼쳤다.

양쪽 팀도 위험이 끝난 게 아니란 걸 알기에 어쩔 수 없이 자리를 고수했다.

임무가 남지 않았다면 그들은 한정유를 언제까지라도 쫓아다닐 태세였다.

밥값은 했다.

내일쯤 되면 회사는 그가 벌인 일 때문에 한동안 시끄러울 것이다.

그리고 다시 시작된 따분한 기다림.

괴물들의 시체를 AS팀이 수거하느라 잠시 북적이다가 또다시 정적이 찾아왔다.

아무것도 안 하고 멍하니 서 있는 게 이리 힘들 줄은 몰랐다.

드디어 날이 밝아왔다.

지원팀에서 가져온 아침과 점심을 먹은 후 하염없이 산을 바라보았다.

얼마나 지났을까.

한 떼의 인원이 산을 내려오는 게 보였다.

그걸 본 이을용이 반색을 했다.

"과장님, 끝났나 봅니다. 저기 길드원들이 내려오고 있어요."
"쟤들이 길드원이야?"

"붉은 갑옷을 보니 피닉스 길드네요. 이곳에 투입된 게 피닉스 파티라고 했거든요."

"파티는 또 뭐냐?"

"길드는 3개씩 파티를 구성해요. 위험을 줄이기 위해 일종의 협력 체제를 구축하고 있는 거죠. 피닉스 파티는 해동과 태극 길드예요."

설명을 듣는 둥 마는 둥 했다.

막상 내려오는 자들이 피닉스 길드 소속이란 말을 듣자 기분이 나빠졌다.

"어, 우리 쪽으로 오는데요?"

이을용이 말한 것처럼 70여 명의 인원이 보무도 당당하게 자신이 지키는 쪽으로 걸어 나왔다.

마주치는 게 싫었지만 꿋꿋하게 버텼다.

날카롭고 단단한 시선으로 점점 다가오는 자들을 팔짱 낀 채 지켜봤다.

상대가 누구든 상관없다.

하지만, 그의 결심은 한 사람을 확인한 후 급격하게 내리막을 걷기 시작했다.

반대편에서 걸어오던 피닉스 길드원 쪽에서 그를 확인한 사람 하나가 비명을 지르며 달려 왔기 때문이다.

비명까지 지르면서. 바로 윤정혜였다.

"정유 씨, 여긴 웬일이에요!"

늘씬한 몸매를 나풀거리며 달려온 윤정혜가 반갑다는 듯 소리 질렀다.

붉은 갑옷을 입었지만 오히려 그 갑옷이 그녀의 몸매를 더욱 돋보이게 만들고 있었다.

"근무 중입니다."
"무슨 근무?"

자신이 어디에서 근무하는지 모른다.

분명 김두성과 김가은을 통해 태풍OR에 입사했다는 걸 알려 줬는데 윤정혜는 전혀 모르는 눈치였다.

하긴 그럴 수도 있지.

놈들은 자신의 존재 자체를 세상에서 아예 지워 버렸으니.

"난 태풍OR에서 일합니다."
"세상에, 말도 안 돼!"
"뭐가 말이 안 됩니까."
"정유 씨 같은 사람이 왜요? 그렇지 않아도 합격자 이름에 정유 씨가 없어서 얼마나 놀랐는지 몰라요. 그래도, 최소한 다른 길드에 스카웃되었을 거라 생각했는데……."

"직업에 귀천이 어딨어요. 난 잘 지내니까 걱정하지 마세요."

그녀의 걱정이 안쓰럽게 다가왔기에 담담하게 대답해 주었다.
그녀는 진심으로 자신을 걱정해 주는 것 같았다.
그때 피닉스 길드의 책임자로 보이는 자가 그녀를 불렀다.

"뭐 해, 퇴근해야지. 정혜 씨, 빨리 와."

무심한 눈길.
그건 뒤에 오연하게 서 있는 놈들도 마찬가지다.
비웃거나 조롱이라도 했다면 화라도 냈을 텐데 이자들은 아예 자신을 바라보지도 않았다.

사람의 기분은 꼭 말로 해야 나빠지는 게 아니다.
표정, 시선, 행동으로도 충분히 사람을 기분 나쁘게 만들 수 있다.
천사 같은 웃음을 지으며 윤정혜가 자신의 손을 잡은 것은 책임자의 말이 끝났을 때였다.

"정유 씨, 연락처 주세요. 우리 시간 날 때 차 한잔해요."

제9장

정체

　길드가 철수를 하자 그동안 꼼짝 않고 방어선을 지키던 문재
성이 팀원들을 이끌고 중앙으로 다가왔다.

　그에 맞춰 김천수가 이끌고 있던 좌측 방어선도 철수해서 걸
어오는 게 보였다.
　팀원들이 전부 모이자 문재성이 입을 열었다.

　"수고 많았다. 우리도 철수하자. 김 과장 사진 찍었지?"
　"그럼요, 우리 보너슨데 철저하게 챙겨야죠. 처음부터 AS 애들
이 수거하는 것까지 확실하게 찍었습니다."
　"잘했다."

문재성의 입에서 만족스러운 웃음이 흘러나왔다.

키메라 두 마리면 4천만 원이다.

물론 회사로 대부분 들어가지만 직원들에게도 성과급이 나온다.

그때 김천수가 말도 안 되는 소리를 했다.

"AS애들이 기겁을 하더군요. 파이튼 대가리만 그렇게 작살난 건 처음 봤답니다."

"지금 뭐라고 그랬어… 파이튼이라고?"

"예, 파이튼요. 뭐가 잘못됐습니까?"

"그쪽으로 온 놈이 키메라가 아니라 파이튼이었어?!"

너무 놀라 소리를 버럭 질렀다.

어두운 밤이라 한정유가 그쪽으로 가는 것도 보지 못했다.

워낙 빠르게 자신이 맡고 있는 쪽으로 왔기에 무전을 받은 후에야 알았다.

"무전기로 보고 드렸잖습니까?"

그랬나. 언제?

아, 한정유가 키메라를 때려잡을 때 죽은 괴물을 처리한다며 무전이 왔는데 그때 말했나 보다.

휴우, 아무리 정신이 없어도 그렇지 그런 걸 놓치다니.

어제 자신이 이끄는 팀을 공격해 온 괴물, 키메라를 요리하는 한정유의 실력에 정신이 팔려 그저 매뉴얼대로 처리하란 말만 중얼거렸다.

개안이 되는 듯했다.

교묘하게 공간을 점유하며 괴물의 움직임에 맞춰 권을 찔러대는 한정유의 모습은 권신이 따로 없었다.

자신의 수준으로는 도저히 따라갈 수 없는 경지.

이런 놈을 부하 직원으로 데리고 있다는 게 민망할 정도.

그럼에도 그는 놀람을 겨우 수습하고 자신을 바라보고 있는 팀원들에게 명령을 내렸다.

보너스가 올라갔다.

파이튼은 키메라보다 3배나 비싼 놈이었다.

"수고했으니까, 귀가하도록. 난 사무실에 들어가 보고부터 할 테니까 너희들은 푹 쉬어. 이틀 후에 보자."

말을 마침과 동시에 문재성이 3명의 팀원들을 이끌고 현장을 빠져나갔다.

문재성이 사라지는 걸 본 한정유의 표정이 슬쩍 변했다.

어라, 쉬는 건 좋은데 왜 이틀 후에 봐?

불쑥 솟아난 궁금증.

"야, 김 과장. 팀장님이 왜 이틀 후에 보자고 그러는 거냐?"

"밤샘 작업했잖아. 이렇게 현장 특근이 끝나면 하루 휴가가 주어진다."

"오호, 그거 괜찮네."

"자. 우리도 이제 가자. 목욕하고 쉬어야지. 한 과장, 내가 술 살 테니까 날짜 잡아. 파이튼이 나타나는 순간 우리 몇은 죽는 줄 알았다. 목숨을 구해줬으니 내가 코 삐뚤어질 때까지 술 산다."

"좋은 데서?"

"응, 좋은 데서. 대신 보너스 나오면."

*　　　　*　　　　*

문재성은 팀원들을 중간에 내려놓고 혼자 급하게 사무실로 들어갔다.

미리 작전에서 벌어졌던 일을 보고했기 때문에 추적본부장 정용택이 상기된 얼굴로 기다리고 있었다.

키메라는 몰라도 파이튼을 때려잡은 건 회사의 인지도가 올라가는 플러스 요인이다.

그동안 파이튼 13마리를 잡으면서 15명의 희생자를 냈는데, 아무도 죽지 않고 파이튼을 잡았으니 경사도 이런 경사가 없다.

"어서 와, 보고는 사장님 사무실에 가서 하자. 사장님이 기다리고 계셔."

문재성이 인사할 새도 없이 정용택은 손을 이끌고 3층으로 올라갔다.

사장실에는 남정근이 퇴근도 하지 않고 기다리는 중이었다.

회의용 의자에 앉은 문재성은 작전에서 있었던 일들을 상세히 보고했다.

주로 한정유가 파이튼과 키메라를 때려잡은 것 위주였다.

보고를 들은 정용택의 얼굴이 하얗게 변했다.

물론 남정근도 마찬가지였지만 어느 정도 짐작하고 있었다는 듯 만면에 웃음이 가득했다.

"대단하군. 그 짧은 순간에 두 마리를 해치웠단 말이지."

"저는 보고를 듣고도 믿기지 않습니다. 어떻게 파이튼을 해치우고 다른 쪽도 지원을 합니까. 문 팀장, 혹시 자네 뻥튀기해서 보고한 거 아니야?"

"절대 그렇지 않습니다."

"허어……."

강하게 대답하는 문재성의 얼굴에선 한 톨의 거짓도 보이지 않았다.

"파이튼은 희생을 감수할 정도로 어렵지만 키메라 정도는 저희 팀도 충분히 잡을 수 있습니다. 그럼에도 한정유가 왔길래 뒤로 물러나 구경했습니다. 특채로 온 놈이니까 얼마나 실력이 있는지 보고 싶었거든요."

"그런데?"

"정말 기가 막히더군요. 키메라가 쩔쩔매다가 맞아 죽었습니다. 반격조차 제대로 하지 못하다가요."

문재성이 거품을 물면서 한정유의 싸움 장면을 입으로 그려냈다.

말솜씨가 제법 있기에 현장에서 본 것처럼 훌륭한 표현이었고 몸짓이었다.

"아무리 피닉스 길드 최종 면접까지 갔어도 그 정도일 줄이야. 걔들 프로그램은 괴물들의 능력을 50%밖에 적용하지 않았잖습니까?"

"그렇지. 실제의 흉포성을 적용시키면 통과할 놈이 거의 없을 테니까."

"사장님, 정말 저는 궁금해서 미치겠습니다. 도대체 그런 놈을 왜 피닉스 길드에서 불합격시킨 걸까요?"

"더 괜찮은 놈들이 있었던 모양이지. 이번에 들어간 놈들이 작년 수석이었던 이병웅보다 낫다고 하더군."

"환장하겠네요. 그러니 그놈들을 우리가 따라갈 수 있나요. 정말 억울합니다."

정용택은 사실을 모른 채 설레발을 쳤다.

피닉스 길드에서는 응시자와 언론을 압박해서 역대 최고점인 한정유가 탈락한 사실을 틀어막았기 때문에 지금까지는 아무도 모른다.

만약 다른 길드에서 한정유의 정체를 알았다면 파리 떼처럼 달려들어 채가려고 안달을 부렸을 것이다.

절대 그럴 수 없다.

물론 한정유를 믿었다.

그저 무턱대로 진심이 담긴 가슴으로 접근한 것이 그를 설득할 수 있었던 이유다.

한정유는 그가 태어나 처음으로 감동받을 만큼 대단한 배포를 지닌 남자였고, 돈과 상관없이 자신을 선택했으나 길드의 힘은 워낙 대단해서 아직까지 불안한 마음이 식지 않았다.

슬쩍 피닉스 길드를 거부한 이유에 대해 물어봤고 대답을 들었다.

천우신조.

이런 게 행운이고 조상님이 자신을 보살피는 은덕이다.

"억울할 거 없어. 있는 자리에서 우리 본분을 열심히 하면 언젠가 좋은 날이 올 거야. 우리라고 언제까지 OR에 있겠나. 난 이번 신입 사원 공채 기준을 강화할 생각이야. 인원도 3명만 뽑고."

"왜 그렇게 적은 인원만 뽑습니까. 사장님, 빈 자리가 15명이나 됩니다."

"나머지는 길드에서 탈락한 인원들을 대상으로 스카웃할 생각이야. 적극적으로. 돈이 더 들겠지만 우리가 길드로 올라서기 위해서는 좋은 인재들이 필요해."

"꿍쳐놓은 돈이 많은 모양이네요."

"그동안 번 돈 한 푼도 쓰지 않고 저금해 놨다. 여자도 안 만났고 골프도 치지 않았어. 우리 꿈을 이루기 위해. 자네도 봤잖아. 내가 열심히 뛰어다녀 구해온 한정유가 무슨 짓을 했는지."

"이제 이해가 됩니다. 기업은 인재가 키우는 것이죠."

"우리 앞으로 잘해보자고."

"그나저나, 한정유의 실력이 확인되었으니 배치를 다시 해야 될 것 같습니다?"

"어떻게?"

"어제도 키메라를 잡다가 5팀에서 1명이 죽었습니다. 한정유를 중심으로 특수기동대를 운영하는 게 어떻습니까?"

"그거, 좋은 생각이군."

*　　　　*　　　　*

쉬는 날이 장날이라 일요일이다.

그럼에도 휴가 맞다.

OR은 언제나 비상대기를 해야 되기 때문에 공휴일이 따로 없었다.

별로 한 일이 없지만 한정유는 쉬라는 회사의 배려를 온몸으로 소화하며 집 안에서 뒹굴었다.

물론 그냥 쉰 건 아니다.

매일의 일과처럼 새벽에 일어나 무극진기를 돌려 단전을 확장했고, 오전에는 남정근이 준 칼을 들고 야산에 다녀왔다.

오랜만에 펼친 자신의 독문무공 섬전십삼뢰.

모든 도법의 정수는 자신의 머릿속에 고스란히 들어 있으나 몸이 제대로 따라주지 않아 한동안 땀을 흘려야 했다.

꾸준히 단천열화권을 익혀 온몸이 차돌처럼 변했지만 권법과 도법은 근본적으로 사용하는 근육 자체가 다르다.

그럼에도 금방 적응되기 시작했다.

비록 아직 몸이 완벽하게 반응하지 못했으나 내공을 담아 모든 초식을 한 번씩 펼쳐내자 주변이 완전히 초토화되었다.

김도철에게서 전화가 온 것은 수련을 끝내고 집으로 돌아와 인터넷을 보면서 길드와 괴물들에 대한 정보를 수집하고 있을 때였다.

"뭐 해?"

"공부 중이야."

"무슨 공부?"

"괴물 공부."

"OR에 들어갔으니 열심히 공부해야지. 그래도 나와. 너 입사했는데 내가 술도 못 사줬잖아."

"또 소주 마시려고?"

"그럼?"

"저번에 보니까 소주보다 맥주가 맛있더라, 시원하고. 우리 맥주 전문점 가자."

"내 주머니 작살낼 일 있어?"

"난 아직 월급 못 받았잖아."

"좋다, 이 자식아. 입사 기념이니까 오늘은 내가 산다."

맥주를 마시면서 김도철은 진심으로 한정유의 입사를 축하해 줬다.

그동안 백수로 지내다가 뇌사 상태까지 갔던 친구 놈이었기에 그의 표정은 진심이 가득 담겨 있었다.

"정유야, 내가 오늘은 너에게 할 말이 있다."

"뭐가 그렇게 심각해. 무슨 소릴 하고 싶어서 그러냐. 겁나게 시리."

"너에게. 그리고 나에게. 넌 하나밖에 없는 친구야. 맞지?"

"나 아직도 기억상실증이야. 그래서 미안하지만 너에 대한 기억이 없다."

"안다."

"미안한 말이지만 난 네가 의식이 돌아왔을 때 처음으로 병원에 갔다."

"왜?"

"몰랐으니까."

"유일한 친구라면서 사고가 났는데 몰랐다고?"

"응, 몰랐어. 내가 JK에 들어간 후부터 네가 소식을 끊었다. 난 아무렇지 않았는데 넌 그것이 너무 힘들었던 모양이더라. 백수로 살면서 넌 폐인처럼 보냈어. 그 기간 동안 날 철저하게 외면하면서 만나지 않으려 했다. 그때부터 넌……."

난 정말 몰랐다.

1년이 넘도록 친구 놈이 뭐 하는 놈인지조차 몰랐으니 무심해도 너무 무심했다.

왜 물어볼 생각을 하지 않았을까.

그냥 단순하게 회사에 다닌다고 해서 그런가보다 했는데 김도철은 그냥 회사원이 아니었다.

하긴, 환생을 하고 병원에서 퇴원한 후 놈을 만난 것도 몇 번 안 된다.

그동안 미친 듯이 몸을 만드는 것에 열중했기 때문에 다른 것은 신경 쓸 새가 전혀 없었다.

오죽하면 같은 집에 살면서 사채업자들에게 부모님이 당하는 것조차 알지 못했을까.

그럼에도 놈이 골든헌터라는 사실은 충분히 놀랄 만했다.

기세를 알아차릴 수 없을 만큼의 고수.

비록 내공이 완벽하게 회복되지 않았지만 자신의 이목을 속일 정도면 김도철의 능력은 상상 범위를 초월한다는 뜻이었다.

"화났냐?"

"화나긴. 내가 그동안 너무 한심했던 거지. 네가 뭐 해서 먹고사는지 아예 묻지도 않았잖아."

"그건 그래. 그러고 보니 내 잘못이 아니네."

"웃기지 마, 이 자식아. 내가 안 물었어도 네가 먼저 말했어야 되는 거 아냐. 그런데 그걸 왜 지금까지 숨기고 있었지?"

"다시 돌아온 너에게 말하지 않은 건 네가 차라리 내 정체를 모르길 바랐기 때문이야. 그래서 그랬어."

"왜?"

"예전처럼 함께 지내고 싶어서."

"별걸 다 걱정했군."

"알아, 그래서 내 정체를 말한 거다. 이젠 피하지 않을 거란 생각이 들어서. 네가 변한 거 대충 짐작은 가. 하지만 묻지 않는다. 이게 우리 세계의 철칙이니까."

"그래."

"일은 재밌냐?"

"골든헌터께서 그걸 왜 물어. OR에서 하는 일 뻔히 아는 놈이."

"알지, 그래서 묻는 거야. 정유야, 될 수 있으면 가급적 앞으로 나서지 마라. 괜한 공명심 때문에 전면에서 싸우면 다치게 돼."

"나한테 겁쟁이처럼 뒤에서 구경만 하라는 거야?"

"이 자식아, 걱정되니까 그러지. OR애들은 수시로 죽어나가. 3등급 괴물까지는 처리할 수 있지만 그 위 4등급 살라멘더만 나와도 떼죽음을 당해."

"응. 그렇지 않아도 이번 작전 때 파이튼이 나타나서 죽을 뻔했다."

"정말이냐?"

"그렇다니까. 겨우 우리 팀장님이 제압했으니 다행이었지 큰일 날 뻔했어."

"왜 하필 추적조에 들어갔어. 통제조가 일은 많지만 위험이 덜한데."

"신입 사원이 그런 거 따지냐. 보내주는 데로 가는 거지. 내 마음대로 할 수 있는 능력이 있으면 길드에 들어갔지 OR에 갔겠냐?"

재밌다.

친구 놈이 자신을 걱정해 주는 마음이 가슴을 따뜻하게 했지만 놈에게 사실대로 말해주지 않았다.

이건 복수다.

놈이 자신의 정체를 이제야 말한 것에 대한 복수.

김도철의 눈이 슬그머니 돌아갔다.

비록 자신이 백수를 탈피하고 OR에 당당히 들어갔어도 자신보단 한참 아래란 생각이 들었는지 슬그머니 말머리를 돌렸다.

탁자에 쌓인 맥주병은 7개. 아직도 이놈 주머니를 털기엔 부족한 숫자였다.

*　　　　　*　　　　　*

막상 출근했으나 여전히 할 일이 없었다.

일이 없을 때 대부분의 직원은 연공실에서 시간을 보내기 때문에 사무실은 언제나 텅 비어 있었다.

자신이 첫 출근한 날 사무실에 많은 직원들이 모여 있었던 건 신입 사원이 온다고 팀장이 불러 모았기 때문이란 걸 나중에 알았다.

키메라와 파이튼을 혼자서 때려잡았음에도 태풍OR 직원들은 그 사실을 몰랐다.

본부장의 특별지시로 추적1팀 직원들의 입이 봉쇄되었기 때문이다.

그 이유가 뭔지 모르나 스스로 나서서 떠벌이지 않았다.

그런 건 성격에 맞지 않는다.

나는 전생에도 누군가를 이긴 후 한 번도 다른 자들에게 말한 적이 없다.

오직 슬금슬금 삐져나온 소문이, 마제의 위용을 증명해 주었을 뿐.

사장인 남정근은 얼굴 보기가 어려웠다.

매일 아침 잠깐 출근했다가 사라졌는데 어딜 다니는지 퇴근 때까지 모습을 드러내지 않았다.

　들리는 말로는 유망주들을 스카웃하기 위해 정신없이 바쁘다는 소리뿐이었다.

　첫 월급날이 되었다.

　통장에 찍힌 돈이 무려 2천만 원이었다.

　원래는 출장비와 괴수 사살 특수 수당까지 합해 더 많았는데, 세금이니 뭐니 떼는 게 많았다.

　눈으로 몇 번이나 확인해 봤지만 여전히 숫자는 바뀌지 않았다.

　백수로 지내며 어머니가 아침에 주는 용돈 만 원과 여동생이 가끔 쥐어준 돈으로 점심을 해결했다.

　연공을 하느라 정신없이 살았지만 가끔 눈으로 들어온 맛있는 음식들조차 사 먹을 수 없었다.

　퇴근하고 핸드폰 가게에 들러 여동생에게 줄 최신 핸드폰을 샀다.

　제일 비싼 놈으로.

　그런 후 백화점으로 가 부모님의 내의를 샀다.

　이건 김도철이 가르쳐 준 것이다.

　첫 월급을 받으면 부모님 내의를 사다 드려야 된다고 그랬다.

　오랫동안 지속되어 내려온 이곳의 전통은 부모님이 추위에 떨지 않도록 내의를 사다 드리는 것이라 했다.

내의를 사들고 나왔지만 마음이 불편했다.
자신이 아버지께 드리고 싶었던 선물은 이런 내의가 아니라
근사한 자동차였다.
꽤 커다란 돈이라 생각했는데 아직도 자신은 부모님께 해드릴
수 있는 게 별로 없었다.

천천히 걸어 사채 사무실로 향했다.
계단을 올라갈 때 예전에 봤던 놈들이 눈에 들어왔다.

"허억!"

사자를 본 사슴처럼 비명을 지른 놈들이 온몸이 굳어진 채
벽으로 붙었다.
예전에 자신에게 맞은 놈들이다.
미소를 지은 채 그런 놈의 어깨를 두드려 주고 사무실로 들어
섰다.
올백머리는 여전히 책상에 앉아 있었는데 저녁 시간이라 그런
지 똘마니들과 함께 짜장면 파티가 벌어지는 중이었다.

"아이고, 형님. 오셨습니까!"

내가 왜 네 형님이냐.

짜장 묻었어, 이 자식아. 입이나 닦고 달려와라. 내 옷에 묻히
지 말고.

"짜장면 맛있냐?"

"예, 이 집이 짜장면을 무척 잘합니다. 그동안 별고 없으셨습
니까!"

부리나케 달려온 올백이 부동자세를 취하며 안부를 물어왔
다.

소파에 앉아 짜장면을 먹고 있던 놈들도 전부 마찬가지.

놈들은 제자리에서 일어나 몸을 바들바들 떨고 있었는데 꼭
저승사자를 만난 놈들 같았다.

웃긴 건 한 놈만 멍청한 눈으로 자신을 바라보며 아직도 상황
파악 못한 채 눈치를 살피고 있었다.

그때 없었던 놈이다.

"올백, 우리 오랜만이네?"

"그렇습니다, 형님."

"그 형님 소리 또 하면 죽는다."

"죄송합니다, 형… 죄송합니다. 다시는 그렇게 부르지 않겠습
니다."

"오늘 내가 온 건 계산 때문이다. 올백, 우리 부채 계산이 어떻
게 되지?"

한정유가 계산 이야기를 말하자 올백의 얼굴이 단박에 시커멓게 죽었다.

그가 왔다 간 게 벌써 2달 전이다.

빌려준 3만 원에 매일 100%가 따라붙는 이자.

그것도 복리 계산이었으니 이건 계산조차 되지 않았다.

"형님, 그게… 살려주십시오."

"부채 계산한다고 그랬지 누가 널 죽인다고 그랬어?"

"제발… 요즘 애들 월급조차 제대로 주지 못하고 있습니다. 살려주십시오."

올백의 죽는 시늉을 보면서 쓴웃음이 저절로 흘러나왔다.

"여기 돈 받아라. 아버지께서 너한테 빚진 700만 원에 은행이자 붙여서 800만 원이다."

올백은 돈을 받지 못했다.

대신 한정유가 돈을 내밀자 무릎을 꿇으며 다 죽어가는 표정을 지었다.

"왜 이러십니까. 정말 저희는 형님께 그만한 돈을 드릴 수 없습니다. 야, 멍개야. 금고 열어."

"예, 형님."

올백이 소리치자 소파에 있는 놈이 총알같이 달려와 금고를 열었다.

잔뜩 들어 있는 현금.

대충 봐도 2천만 원 정도는 될 것 같았다.

"그건 넣어두시고, 이걸로 봐주십시오."

"하아, 이 새끼. 말귀를 못 알아듣네. 그런 돈은 필요 없다. 그리고 내가 여기 온 건 정말 아버지의 빚을 갚기 위해서야. 그러니 빚을 갚았다는 영수증이나 가져와."

"알겠습니다."

올백이 번개처럼 움직였다.

물론 믿지 못하는 얼굴이었으나 한정유가 팔짱을 낀 채 바라보자 부지런히 뭔가를 끄적거린 후 도장이 찍힌 영수증을 가져왔다.

그 영수증을 받은 한정유가 가져온 돈 뭉텅이를 책상에 던졌다.

그런 후 올백을 향해 이를 드러냈다.

"너도 먹고살기 위해 이런 짓을 하는 거겠지. 하지만, 적당히 해처먹어. 정말 너희들 빚진 사람들 장기 장사하는 건 아니지?"

"그럴 리가요. 그건 협박용으로 써먹는 겁니다. 저희는 절대 그런 흉악한 짓은 하지 않습니다."

"크크… 웃긴 놈이네. 누가 그걸 믿겠냐. 생긴 것 자체가 흉악한 놈들인데."

"정말입니다. 저희는 그렇게 나쁜 짓은 안 합니다. 그럴 배포도 없고요. 그건 칠룡파 전문이라 저희 같은 놈들은 건드릴 수도 없습니다."

"칠룡파는 또 뭔데?"

"아주 악질적인 조폭들입니다. 그자들이 장기 장사는 독점하고 있거든요."

얼굴을 보니 사실이다.

겁에 질려 있는 표정. 칠룡파를 언급하는 놈의 눈은 두려움에 가득 차 있었다.

그만큼 칠룡파가 무섭다는 뜻이다.

길드나 괴수 업체에 들어가지 못한 놈들 중 상당수가 조폭세계로 넘어갔다고 하더니 이것들이 별짓을 다 하는 모양이다.

"어쨌든, 착하게 살아. 앞으로 이자 좀 내리고. 내가 지켜볼 거야. 너희들 감시하려고 사람 붙여놨으니까 잘해. 내가 또 찾아오게 만들지 말고. 다시 나를 오게 만들면 너흰 전부 병신이 된다. 내 말 안 믿겨?"

"믿습니다. 믿고말고요."

*　　　*　　　*

구십 도로 절하는 놈들의 배웅을 받으며 가벼운 마음으로 집에 돌아왔다.

여기저기 다니다 보니 시간은 벌써 10시가 훌쩍 넘어 있었다.

"왜 이렇게 늦었니. 바빴어?"

"예, 아버지는요."

"안방에 계셔. 들어가자."

목소리를 들었는지 아버지가 거실로 나오셨고, 여동생인 한미연도 방에서 문을 빼꼼히 열어 눈인사를 해왔다.

"미연아, 선물 사 왔다."

"선물?"

"오늘 오빠 첫 월급 탔어. 그래서 네 선물 준비했다."

여동생은 선물을 풀어본 후 핸드폰을 확인하고 비명을 질러댔다.

처음으로 오빠에게 받는 선물이었기 때문인지 여동생은 얼굴에서 웃음을 지우지 못했다.

동생이 기뻐하는 모습을 보다가 들고 있던 내의를 꺼내 부모님께 드렸다.

"내의 사 왔어요. 첫 월급 타면 무조건 내의를 사드려야 된다고 해서."

여동생이 받은 핸드폰에 비하면 아주 싼 선물이었다.

그럼에도 두 분은 포장을 풀어 내의를 확인한 후 귀하고 귀한 보물을 만지듯 내의를 쓰다듬었다.

아들이 정성으로 준비한 내의가 두 분에겐 더없이 소중했던 모양이다.

그런 두 분께 천천히 입을 열었다.

"아버지가 진 빚은 제가 오늘 갚았습니다. 그러니 이젠 걱정하지 않으셔도 됩니다."

"그걸 네가 어떻게……."

"700만 원이 2천만으로 변했더군요. 놈들에게 800만 원 주고 해결했습니다."

"정유야, 그게 정말이니?"

"우린 이제 빚 없습니다. 그리고 앞으로 제가 돈 많이 벌어올 테니 어머니는 식당일 그만하셔도 됩니다. 저는요… 어머니가 해 주는 밥을 먹고 싶어요."

제10장

스켈레톤

삐이잉… 삐이잉!

비상 시스템에서 빨간 램프가 번쩍이며 비상을 알리자 피닉스 길드의 통제실이 바쁘게 움직이기 시작했다.

벌써 이번 달 들어서 13번째 던전이다.

"국장님, 가은이에요."

"어서 와, 북한산에서 던전이 열렸다며?"

"예."

"자네도 가나?"

"김두성 팀장이 맡은 3팀과 저희 5팀, 그리고 7팀이 갑니다."

"조심해. 요즘 점점 심상치 않으니까."

"이상한 변화가 일어나고 있어요. 점점 생성 횟수도 많아지고 색깔이 푸른색으로 진화되는 걸 보니 던전에 변화가 생긴 게 틀림 없어요. 저번 출동때는 파이튼이 15마리나 나왔어요, 키메라는 40마리였고요. 이전보다 훨씬 많은 숫자예요."

"용인에서 던전이 열렸을 때 윤철욱이 책임자였지?"

"네, 맞아요. 한정유 씨 때문에 묻는 거죠?"

김가은이 빙그레 웃었다.

그녀도 뒤늦게 알았다.

언론에는 아무런 흔적이 남지 않았기 때문에 청성AS의 괴물 사체 검시 보고서를 받은 후에야 한정유의 존재를 확인했다.

너무나 황당한 사인.

AS에서 수거한 시체를 대상으로 분석한 결과 키메라는 온몸에 충격을 받은 상태에서 죽었고 파이튼은 다른 곳은 멀쩡한데 오직 얼굴이 박살 난 상태였다.

분석 결과는 간단하다.

먼저 일격에 파이튼을 죽인 후 다음에 키메라를 데리고 놀았다는 뜻이다.

서무원의 입에서 아쉬움이 묻어 나왔다.

그 역시 며칠 전 검시 보고서를 뒤늦게 보고받은 후 한숨을 길게 내리 쉬었다.

아쉬움.

맞다, 분명히 아쉬움일 것이다.

"정말 아까운 놈이야."

"그게 운명이라면 어쩔수 없는 거잖아요. 그런데 어쩐지 우리
와의 인연이 이것으로 끝나지 않을 것 같아요. 그 사람은 주머니
속의 송곳이라 언젠가 삐죽 튀어나올 거예요."

"그래, 당연히 그렇겠지. 골든헌터급 능력을 가진 놈이 태풍
OR에 언제까지 머물겠어. 용은 큰물에서 놀아야 마음껏 움직일
수 있는 법이야. 그래서 말인데… 네가 시간 날 때 한번 만나 봐
라."

"저, 시집가라고요?"

"얼씨구, 이제 보니 내가 보내지 않아도 알아서 갔었겠네. 하
긴 그놈이 제법 괜찮긴 했지. 배포도 크고."

"호호……. 이젠 가볼게요. 플라잉카가 대기하고 있어서요."

"몸 조심해. 희생자가 나오지 않도록 배치 제대로 하고. 던전
이 자꾸 이상해 지는 게 마음에 걸려. 공격조가 감당하지 못하
는 괴물이 나오면 근처에 있는 마스터를 무조건 콜해야 한다. 알
았니?"

"그럴게요. 그럼 다녀오겠습니다."

*   *   *

벌써 태풍OR에 입사한 지 2달.

그동안 7번의 출동을 했으나 괴물을 만난 것은 첫 번째와 세

번째뿐이었다.

세 번째는 2마리의 키메라가 기어나왔는데, 팀원들이 처치하는 걸 구경만 했다.

팀원들의 능력은 파이튼을 만나면 목숨이 위험하지만 키메라 정도는 해치울 수 있는 정도다.

그래서 구경만 했다.

맛있는 떡은 혼자 먹는 게 아니니까.

신입 사원이 들어온 것은 20일 전의 일이었다.

남정근은 길드 최종 면접에서 탈락한 자들을 집중적으로 공략해서 스카웃했는데 자신처럼 대부분 집안이 안 좋아 돈이 필요한 사람들이었다.

신입 사원들의 숫자는 공채를 포함해서 스카웃된 인재들까지 전부 20명.

그중 자신의 특수지원팀에 들어 온 건 4명이었는데 전부 사관학교 출신이었고 각 길드의 최종 면접에서 탈락한 재원들이었다.

"이름?"

"이철승입니다."

신입 직원을 연무장으로 데려간 한정유가 한 명씩 이름을 물었다.

남자 3명에 여자 1명.

"특기?"

질문의 연속.

신입 직원들의 특성은 무공 쪽이 2명, 마법 쪽이 1명, 초능력 쪽이 1명이었다.

이철승과 문규현이 무공이었고 서지현이 마법, 이국현이 초능력을 지녔다.

한정유는 대답하는 팀원들의 자세를 보며 웃었다.

척 봐도 팀장인 자신을 존중하지 않는 자세였다.

당연한 걸까?

절대 당연하지 않다.

나는 너희보다 더 뛰어난 능력을 지녔어도 직속 상관한테는 깍듯하게 대했다.

조직이란 건 너희가 탑이 아닌 이상 머리를 숙여야 해.

그래야 위계질서가 잡히고 조직이 강해지는 거야.

이놈들이 자신을 존중하지 않은 이유는 뻔하다.

OR의 팀장급이라 봐야 겨우 4급 헌터 수준이니 우습게 보는 거겠지.

"이철승, 한 발이 앞으로 나와 있네. 그거 짝다리지?"

"편하게 서 있는 겁니다. 여기가 군대도 아닌데 부동자세 취할 필요는 없잖습니까?"

"그건 그래. 그런데 말이야. 나는 그걸 보기가 불편해. 내가 네 다리를 똑바로 펴주고 싶은데 괜찮겠어?"

"팀장님 능력으로 될까요?"

"꽤 하는 모양이지?"

"내가 OR에 들어온 건 실력이 없어서가 아닙니다. 사장님이 5번이나 찾아와서 함께 일하자고 했기에 돈이 필요해서 어쩔 수 없이 온 겁니다. 나는 이런 대접을 받으러 온 게 아니란 말입니다."

"그래서?"

"당신이 팀장이라 해도 날 이렇게 취급하면 가만 있지 않겠다는 뜻이죠."

"오호, 아주 훌륭한 태도구만. 그럼 어디 실력 좀 볼까?"

"잘못하면 다치실 텐데?"

"네가 내 옷깃만 스쳐도 다시는 너의 태도에 대해서 말하지 않겠다."

이철승의 주먹이 예리한 각도로 파고들며 전신을 위협해 왔다.

과연 사관생도답다.

태풍OR의 직원들에 비해서 훨씬 뛰어난 실력이었다.

그러나 강함 위주의 권법이었기에 변화가 부족했고 초식의 이해도 부족했다.

모든 무공은 일정 경지에 도달하기 위해 누군가의 도움이 필요하다.

그 누군가가 누구냐에 따라 고수의 반열에 들어서는 속도가 달라진다.

그 누군가는 바로 사부.

훌륭한 사부의 존재는 그래서 무림인들이 꿈꾸는 기연 중 하나다.

한정유는 이철승이 펼치는 권초를 하나씩 와해하며 수준을 가늠했다.

초식의 이해가 부족하다는 것은 아무리 훌륭한 비기를 지녔다 해도 그 범위가 극도로 제한된다.

퍼억, 퍽, 퍽.

대충 실력을 가늠한 후 두들겨 패기 시작했다.

그건 다른 놈들도 마찬가지였다.

처음 입사한 후 낙하산이라 비웃던 팀원들 위계질서를 잡을 때처럼 박살을 내놨다.

신입 사원임에도 사관학교 출신이라는 자부심과 길드의 최종 면접까지 갔다는 자존심을 단박에 부숴 버리는데 가장 효율적인 건 두들겨 패는 것뿐이다.

차례 차례. 네놈 전부 바닥에 기어다닐 정도로 팼다.

그 다음부터 신입 사원들은 한정유의 말이라면 총알같이 움직였다.

한마디로 군기가 바짝 들었는데 팀장인 한정유를 졸졸 따라다녀 다른 직원들은 그들을 병아리라 불렀다.

자신의 팀으로 들어온 이후 한정유는 시간이 날 때마다 그들을 연무실로 데리고 가 퇴근할 때까지 굴렸다.

비록 그들이 경력 3년 차를 받고 스카웃되어 온 인재들이라 해도 한정유 에게는 철부지 어린애로밖에 보이지 않았다.

굴려야 할 이유는 충분했다.

특수지원팀은 추적조가 위험에 처했을 때 긴급 구조 하는 것이었으니 괴물들을 일거에 무찌를 수 있는 능력을 갖춰야 한다는 게 그의 생각이었다.

고금제일고수란 명예는 고스톱 쳐서 딴 것이 아니다.

더군다나 신입 직원들이 지닌 무공과 마법은 그에게 장난 수준이었기에 훈련을 통해 팀원들이 지닌 무공과 초능력의 단점을 보완해 서서히 능력을 증진시켜 나갈 생각이었다.

"팀장님, 비상입니다!"

"또?"

"차량 대기시켜 놨습니다."

자신의 팀원인 이철승이 헐레벌떡 들어와서 보고를 하자 따분한 표정으로 있던 한정유가 천천히 자리에서 일어났다.

특수지원팀을 맡아달라며 추적본부장인 정용택이 말했을 때 두말없이 고개를 끄덕였다.

하지만, 이게 아주 지랄맞다.

태풍OR이 출동하면 무조건 가야 되니 다른 팀이 2개조로 운영되는 것에 비해 배는 바빴다.

그럼에도 출장비가 많이 나왔기 때문에 불만은 없었다.

몇 번 나가본 결과 대기하는 시간만 많았을 뿐, 별로 할 일이 없어 사무실에 있으나 현장에 있으나 따분한 건 마찬가지였다.

팀원들만 죽어났다.

시간이 날 때마다 한정유는 잠시도 쉬지 않고 조련시켰기 때문에 팀원들의 몸은 땀이 마를 새가 없었다.

태풍OR의 추적팀은 언제나 3개 팀씩 구성된다.

그 범위는 1㎞.

특수지원팀은 그 3팀을 동시에 지원할 수 있는 중간 지점에 캠프를 차리고 대기하다가 문제가 생길 경우만 출동하는 것으로 되어 있다.

북한산 인근에 있는 한성여대 근처에 캠프를 차린 한정유는 추적팀이 전진하는 걸 지켜보다가 팀원들을 불러 모았다.

그러자, 팀원들의 안색이 검게 변했다.

이제 막 도착해서 캠프를 차렸는데 훈련하자고 덤비는 팀장이 이젠 괴물로 보였다.

그럼에도 그들은 한정유의 지시에 총알같이 달려 와 간격을 벌렸다.

불과 15일밖에 되지 않아 현천보의 기초적인 부분만 배웠으나 그것만으로도 자신들의 능력이 진일보했다는 걸 몸으로 확인했기 때문이었다.

*　　　　　*　　　　　*

"막아. 뭐해 빠져나가잖아!"

김가은은 이를 악물고 소리를 질러댔다.
완연하게 푸른 색으로 변한 던전.
그곳에서 빠져나온 괴물들의 수준은 역대 최고였던 대전 던전에 못지 않았다.

구홀은 차치하더라도 60마리의 키메라, 30마리의 파이튼, 거리다가 20마리의 살라멘더와, 10마리의 스켈레톤.
문제는 거기에 3마리의 헬하운드가 포함되어 있다는 것이었다.

이곳에 파견되어 나온 길드의 골든헌터는 3개 길드 합해 9명,

그 밑의 헌터들이 200명이나 왔으나 상대하기 벅찬 숫자였다.

헬하운드 때문이었다.

9명의 골든헌터가 헬하운드를 상대하는 동안 스켈레톤이 중심이 된 괴물집단이 방어선을 뚫기 시작했다.

급히 담당 마스터에게 전화를 걸었지만 시간은 결코 그들 편이 아니었다.

헬하운드의 위력은 스켈레톤에 비할바가 아니었다.

괴수도감 6등급에 실려 있는 헬하운드는 50마리의 스켈레톤이 덤벼도 끄덕하지 않을 정도로 강했기에 골든헌터가 나뉘어 맹공을 가했어도 부상자가 속출하는 중이었다.

그들이 편 방어선은 3중.

하지만, 최전방 방어선이 뚫리면 위험해진다.

언제나 주 병력을 최전선에 배치해서 2차, 3차 방어선은 상위 헌터들이 거의 존재하지 않기 때문이다.

어떡하든 막아야 한다.

무슨 수를 쓰던 살라멘더 이상의 괴물이 산을 내려가게 해서는 안된다.

OR 추적팀의 수준으로는 살라멘더 이상을 상대할 수 없으니 괴물들이 도시로 들어가면 수많은 인명 피해가 발생할 것이다.

하지만, 상황은 최악.

벌써 3마리의 스켈레톤이 방어선을 빠져나가는 것이 눈에 보였다.

*   *   *

중도일보의 괴수 전문 기자 한태수는 신창일보의 정상일과 함께 북한산과 가까운 문일고 근처 커피숍에 앉아 시간을 죽였다.

어차피 기자들은 통제선 안으로 들어가지 못하기에 밖에서 대기해야 한다.

괴수 전문 기자는 신입 직원들이 가장 선호했고 신문사에서도 엘리트만 배치되는 부서였다.

워낙 사람들의 관심이 주목되는 분야였기 때문에 특종이 수시로 나왔고, 길드의 히어로들에게서 나오는 기사만으로도 충분히 먹고살 만했다.

괴로운 건 던전이 열리는 날 이렇게 작전이 끝날 때까지 맥없이 기다려야 된다는 것이었다.

"뭐야, 정말이야!"

핸드폰을 만지작거리다가 전화를 받은 한태수의 표정이 변했다.

그는 전화를 끊자마자 인상을 찡그렸는데 답답해하는 숨소리가 잔뜩 무거워져 있었다.

"무슨 일인데 그래?"

"본사에서 연락이 왔는데 이번에 나온 길드들이 급하게 추가로 병력을 파견했단다. 아무래도 이번 던전에서 뭔 일이 생겼나 봐."

"나한테도 문자메시지 왔네. 이거 괴물들 숫자가 점점 많아진다더니, 그것 때문인가?"

"그럴 수도 있지."

"씨발, 정말 이 짓도 더러워서 못 해먹겠어. 던전을 직접 봐야 뭘 쓰던 하지. 길드, 이 새끼들이 전부 정보를 차단해서 언론이 할 게 아무것도 없잖아."

"조용히 해. 누가 들으면 어쩔려고 그래."

"들으라지. 이건 완전 독재야. 정부가 있으면 뭐 해. 정치, 경제 전부 길드가 다 해먹는데. 거기에 언론까지 장악했으니 독재도 이런 독재가 없어."

"얘가 오늘따라 왜 이래. 너, 나까지 죽일 생각이냐?"

"기자란 놈이 겁은 많아서. 좀 배짱 있게 살자. 기자는 진실을 위해서라면 목숨을 바쳐야 하는 사람들이잖아. 난 그게 억울해. 길드에 가로막혀서 진짜 진실을 알지 못하는 내 처지가 미치겠어."

정상일의 분노에 찬 목소리를 들으며 한태수가 입맛을 다셨다.

틀린 말이 아니다.

기자는 진실을 위해 목숨을 바쳐야 된다는 그 말이 가슴을 찔러왔다.

그럼에도 부끄럽다는 생각은 들지 않았다.

자신이 할 수 없는 영역을 벗어난 일들이 거짓말처럼 발생하는 현실에서 기자의 본분 어쩌고 하는 것은 공염불에 불과했다.

그때 탁자에 있던 핸드폰이 또다시 울기 시작했다.

"뭐라고, 괴물들이 빠져나와! 어디에?"

한태수의 목소리가 커지면서 자리에서 벌떡 일어났다.

그의 표정은 상기될 대로 상기되어서 금방이라도 달려 나갈 것처럼 보였다.

한동안 떠들어대던 그가 전화를 끊었을 땐 이미 정상일도 자리에서 일어난 상태였다.

"어디라냐?"

"문화동 쪽, 벌써 30명이 죽었단다. 씨발, 큰일 났어. 빠져나온 게 스켈레톤 3마리에 파이튼 5마리란다. 구홀도 상당하고. 지금 문화동 쪽은 박살이 나고 있는 모양이야."

"괴물들이 어떻게 빠져나온 거야?"

"방어선이 깨진 거지. 병력이 추가로 투입됐다고 했을 때 눈치 깠어야 했어. 아무래도 피해가 크겠다. 이미 도심으로 파고들었다면 많은 사람들이 죽을 거야."

"가자. 그럼 우리가 이러고 있을 때가 아니잖아."

"방탄복 입어라. 잘못하면 죽을 수도 있어."

"그거 입는다고 살겠냐. 어차피 부딪치면 죽어. 안 죽을 정도로 도망 다니면서 열심히 찍는 수밖에."

*   *   *

한정유는 팀원들의 훈련을 보면서 칼날 같은 지적을 끊임없이 이어나갔다.

"거기서 왼발이 반치 앞으로 나와야지. 선회 방향이 다르잖아. 보법의 생명은 속도가 아니라 균형과 조화라고 몇 번이나 말해!"

"그 조그마한 실수로 너희들 목숨을 잃을 수 있다. 보법은 그런 거야. 상대의 공격을 받았을 때 일 푼의 실수에 허리가 잘리고, 한 치의 빈틈에 목이 잘리지. 다시 처음부터 시작해!"

팀원들의 몸에서 땀이 샘솟듯 흘러내렸다.
제법 싸늘한 날씨였음에도 거의 5시간이 넘도록 훈련을 하자 목욕을 한 것처럼 땀으로 젖었다.

문재성이 급하게 달려온 것은 지친 팀원들에게 잠시 휴식이 주어졌을 때였다.

"한 팀장, 큰일 났어!"

"무슨 일입니까. 무전기는 어디다 팽개치고 직접 오셨어요?"

"지금 문화동 쪽에 난리가 났어. 그쪽에 있던 정일OR 방어선이 무너지면서 괴물들이 문화동 쪽으로 들어간 모양이야. 벌써 희생자가 70명이 넘었단다."

"길드 애들은요?"

"한 놈도 내려오지 않았어. 던전 쪽 상황이 만만치 않은가 봐. 어쩐지 다른 날과 다르게 괴성 소리가 컸거든."

"종류는?"

"다양해. 스켈레톤까지 포함되어 있다니까 큰일이야. 길드 애들이 도착하려면 시간이 필요할 텐데……."

문재성이 얼굴빛을 흐리자 쉬고 있던 팀원들이 자리에서 일어나는 게 보였다.

그들도 듣고 있었던 것이다.

한정유의 입술이 올라갔다.

자신의 임무는 아니다. 하지만 이대로 그냥 두면 많은 사람들이 죽는다는 사실이 그를 움직이게 만들었다.

"일단 우리 팀이 갈 테니 팀장님은 회사에 보고해 주세요."

"괜찮겠어?"

"사람이 죽습니다. 일단 살려야죠."

문화동까지의 거리는 7㎞.

워낙 광범위한 포위망을 구축했기 때문에 현장에 캠프를 차렸어도 한참이나 떨어진 거리였다.

"밟아!"

명령을 받은 문규현이 플렉톤의 액셀레이터를 끝까지 밟았다.

던전이 열리는 주변은 만약을 대비해서 차량 통제가 되어 한적했지만 워낙 빠른 속도로 달렸기 때문에 사고가 날 위험성이 컸다.

그럼에도 한정유는 속도를 줄이란 소리를 하지 않았다.

벌써부터 라디오와 인터넷이 발칵 뒤집혔다.

연신 들려오는 아나운서의 비명 소리.

인터넷 포탈사이트에서는 괴물들이 찍힌 현장 사진이 계속 올라왔는데 전장터가 따로 없었다.

플렉톤이 현장에 도착한 후, 방어선을 확인한 한정유의 눈이 일그러졌다.

정일OR은 괴물들의 습격으로 박살이 난 상태였다.

대충 봐도 10여 명이 죽었고 부상을 당한 자들도 상당했다.

그중 중앙에 있는 사람을 향해 다가갔다.

그는 격앙된 표정으로 현장을 지휘하고 있었는데 금방이라도 눈물이 쏟아져 나올 것 같았다.

동료의 죽은 시신을 만지는 그의 손은 부들부들 떨리고 있었다.

"괴물들은 어느 쪽으로 갔습니까?"

"길드에서 온 분들입니까?"

"아닙니다. 우리는 지원 나온 태풍OR의 직원들입니다."

"그렇다면, 다시 돌아가시오. 지금 우리 꼴을 보고도 괴물들을 쫓겠다는 생각이 듭니까. 괜히 목숨 잃지 말고 길드에서 올 때까지 기다려요."

"사람들이 계속 죽어나갑니다. 우리 걱정은 마시고 괴물들이 간 방향이나 알려주세요."

"정 그렇다면 알아서 해요. 스켈레톤이 간 방향은 저쪽이요. 나머지는 우리 팀원들이 추적하고 있지만 그쪽은 포기했소. 어차피 상대가 되지 않으니까."

"고맙습니다."

가볍게 인사한 한정유가 급히 몸을 돌려 가르쳐 준 방향으로 몸을 날리자 대기하고 있던 팀원들이 정신없이 따랐다.

그 모습을 보며 사내의 얼굴에서 뒤늦게 후회가 밀려 나왔다.

"씨발, 내 책임 아냐. 지들이 먼저 가겠다고 했으니까. 그래도 미안하다. 너무 많은 동료가 죽어서 내가 잠시 미쳤나 보다. 누군지 모르지만 죽지 마라. 그러면 내가 너무 미안해지잖아."

*   *   *

스켈레톤이 침입한 도심은 눈 뜨고 볼 수 없을 정도로 엉망진 창이었다.

거리에는 늘어진 시체들과 부상자들의 신음 소리가 지천에 깔려 있었고, 먼 곳에서 사람들의 비명 소리가 끊임없이 들려오고 있었다.

"내가 먼저 간다. 너희들도 전력을 다해 따라와. 만약 스켈레 톤을 만나면 피해. 그놈은 내가 잡을 테니까. 알겠어?"

"알겠습니다."

"여러 방향으로 흩어져서 사람들을 구한다. 최선을 다해 사냥 하도록."

지시를 내린 한정유가 청각을 최대로 열은 채 현천보를 펼쳐 앞으로 뛰어나갔다.

스켈레톤 특유의 괴성 소리가 전방 먼 곳에서 들려오고 있었 다.

비록 피닉스 길드 시험에서 경험한 게 전부이지만, 그것만으 로도 충분했다.

피해자가 70명이라고 들었는데 거리에 널린 시체들의 숫자는 자신이 달리면서 확인한 것만 해도 30명이 넘었다.

비참하다.

스켈레톤에게 당한 시신은 온전한 것이 하나도 없었다.

얼마나 달렸을까. 사람들의 비명 소리가 점점 크게 들려오더니 한 마리의 스켈레톤이 건물을 부수는 것이 보였다.

놈은 커다란 상점의 유리창을 깨고 그 안에 있는 사람들을 공격하고 있었다.

달리는 그대로 칼을 꺼내 들었다.

'무극도.'

마제로 활동할 때 자신이 지닌 칼의 이름을 그대로 붙였다.

시험을 볼 때 가상현실에 나온 괴물들의 능력이 대폭 감소되었다는 걸 나중에야 알았다.

그랬기에 그는 처음부터 무극도에 5성의 내공을 담아 사람들을 공격하고 있는 스켈레톤의 등을 노렸다.

그때, 공중에서 거대한 물체가 내리꽂히며 강렬한 화염이 날아왔다.

다른 개체.

동료의 위험을 감지한 또 한 마리의 스켈레톤이 공격을 해왔던 것이다.

하아, 이것들이.

본능적인 위험이 감지된 것일까.

막 어린아이를 안고 있는 여인을 공격하려던 놈이 돌아서는 게 보였다.

건물을 부수던 놈이었다.

두 놈 뒤로 100m 떨어진 곳에서 마지막 한 놈이 사람들을 사냥하고 있는 게 눈으로 들어왔다.

마음이 급해졌다.

공중으로 날아오르며 화염을 쏟아내는 놈들의 공격을 더 이상 피하지 않았다.

섬전십삼뢰의 제1초 염라(閻羅).

내공을 무극도에 담아 화염을 향해 솟구치며 염라를 펼치자 칼이 다섯 개로 변하며 유성이 만들어졌다.

도기다.

비록 5성의 내공만 담았으나 스켈레톤의 화염은 충분히 격파할 수 있다.

화염이 소멸되었고, 곧이어 스켈레톤의 비명 소리가 천지에 진동했다.

한정유의 무극도가 그대로 전진하며 놈들의 날개를 잘라 버렸던 것이다.

날개가 잘린 스켈레톤은 더 이상 비행하지 못했다.

대신 그 육중한 몸을 이끌고 단숨에 짓밟기라도 하려는 듯 양쪽에서 돌진해 왔다.

무극도가 천천히 움직여 상단으로 올라갔다.

그런 후 스켈레톤이 3m 안으로 근접해서 들어왔을 때 사방을 휩쓸며 번개가 쳤다.

제2초식 뇌전(雷電).

상상을 초월할 정도의 위력.

번개가 휩쓸고 지나가자 두 마리의 스켈레톤이 술에 취한 듯 휘청거리다가 양쪽으로 나뉘어 비틀거렸다.

전신에 화염에 맞은 것처럼 난 수많은 칼자국.

대단한 방어력이다.

시험에 적용된 능력은 현실보다 훨씬 약화시켰다고 하더니, 진짜 개체들은 5성이 담긴 내공까지 견뎌냈다.

괜찮군.

좋아, 이것도 견뎌봐. 그럼 인정해 주지.

내공을 6성으로 끌어 올린 한정유가 다시 공격하기 위해 불덩이를 끌어 올리는 스켈레톤을 향해 무극도를 겨냥했다.

그런 후 곧장 뛰어올랐다.

제3초식 풍뢰(風雷).

무극도가 스켈레톤을 향하는 순간 은은한 벼락 소리가 들렸다.

선행은 벼락, 후행은 하늘에서 떨어져 내린 무극도.

무극도에 적중한 스켈레톤들이 1m나 펄쩍 뛰어오르더니 그대로 땅바닥에 처박혔다.

스켈레톤의 전신은 진짜 벼락에 맞은 것처럼 시꺼멓게 그을렸는데 가죽이 쩍쩍 갈라져 내장이 새어 나오고 있었다.

*　　　　*　　　　*

"헉, 헉. 찍었냐!"

"씨발, 신나게 찍었다. 너는?"

"나도, 나중에 교환하는 거 잊지 마."

"저쪽으로 가잖아. 뛰어!"

한정유가 나머지 하나의 스켈레톤을 잡기 위해 이동하는 순간, 건물 사이에 숨어 있던 한태수와 정상일이 카메라를 들고 미친 듯 달렸다.

하지만 속도에서 차이가 나 잠깐 사이에 엄청난 거리가 벌어졌다.

"저 인간 도대체 누구야?"

"나도 모르겠어. 각 길드의 골든헌터 이상은 모르는 놈이 없는데 저 인간은 처음이라고!"

"헉, 헉. 어쨌든 대박이다. 난 스켈레톤을 도감에서 많이 봤지만 실제로 본 건 처음이야. 그걸 죽이는 놈도 처음 보고. 저 사람 혹시 길드에서 숨겨둔 마스터일 수도 있겠다."

"힘들어 죽겠어. 말 시키지 마."

"그러니까 평소에 운동 좀 하랬잖아."

"나 지금 초인적인 힘으로 달리는 거다."

"야, 시작했다. 어차피 못 따라가. 여기서 찍자!"

"오케이!"

제11장

비밀이 많아

김두성은 헬하운드의 몸통을 향해 검기를 쏟아부으며 김가은
을 향해 소리를 질렀다.

"가은아, 스켈레톤 빠져나갔다. 봤어?"
"봤어요."
"여긴 내가 막을 테니까 너는 팀원들 이끌고 따라붙어. 그놈
들이 도시로 들어가면 큰일 나."
"알았어요. 부탁해요!"

골든헌터들이 포위 공격을 퍼부었으나 헬하운드의 가공할 방
어력과 공격에 오히려 그들이 수초처럼 흔들리는 장면을 보면서
김가은이 뒤로 몸을 날렸다.

그때 가슴에 커다란 충격을 받고 2m나 날아가 땅바닥에 처박혔다.

갑옷을 입었으나 헬하운드가 쏘아낸 파이어 링에 적중되자 가슴이 터지는 것 같은 고통이 찾아왔다.

잠깐의 방심과 조급함이 가져온 결과다.

헬하운드는 거대한 덩치에 어울리지 않게 눈부시도록 빨랐는데 연신 파이어 링을 쏘아내며 골든헌터들을 공격하다가 김가은이 뒤로 빠지는 걸 보면서 기습을 한 것이다.

영악한 괴수.

그 잠깐의 방심을 틈타 치명적인 공격을 가한 걸 보면 상식이 통하지 않는 괴물이다.

하필이면.

겨우 몸을 일으킬 때 헬하운드의 파이어 링이 다시 날아왔다.

정신없이 신법을 펼쳐 공격을 막아냈으나 충격을 받았기 때문인지 몸이 원활치 않았다.

또다시 당했다.

놈은 동료들의 공격을 막아내며 김가은을 집중적으로 공격했는데, 마치 그녀가 뒤로 빠져 괴물들을 따라가려는 걸 알고 있는 것 같았다.

팔에 착용한 수갑과 내공으로 보호하지 않았다면 통째로 팔이 뜯겨 나갔을 만큼 강력한 공격에 당하고 다시 2m를 굴렀다.

분노가 머리끝까지 올라왔다.

생각 같아서는 여기서 저놈을 끝장내고 싶었으나 지금은 빠져나간 스켈레톤을 추격하는 게 무엇보다 시급했다.

파이어 링을 피하기 위해서는 앞으로 전진하는 게 효과적이었으나 그녀는 위험을 무릅쓰고 후위를 택했다.

콰앙!

다리를 스쳐 지나가는 파이어 링.

그저 스쳤는데도 다리가 움직이지 않을 정도의 충격이 올라왔다.

그럼에도 그녀는 곧장 뒤로 몸을 날리며 자신의 팀원들을 불렀다.

"3팀, 빠져!"

비틀거리며 괴물들과 공방을 치르던 팀원들을 부른 후 산 아래쪽으로 방향을 잡고 달렸다.

급하다.

스켈레톤이 몇 마리나 빠져나갔는지 모르지만 지금쯤 산 아래는 난장판으로 변했을 게 틀림없었다.

＊　　　　＊　　　　＊

"아이고, 저런……."

하늘로 비상하는 한정유의 모습을 보면서 한태수가 입을 다물지 못했다.

100m 전방에 있던 스켈레톤은 10여 명의 사람들을 갈가리 찢어버리고 우측에 있는 건물로 이동하다가 한정유와 마주쳤다.

그때부터 놈에게는 지옥이었다.

한정유의 칼은 놈을 용서치 않았다.

잔인한 걸까.

팔과 다리, 차례대로 스켈레톤의 육체가 분산되며 날아갔다.

한정유의 칼에 담긴 분노.

아마 그것은 분노가 맞았을 것이다.

사람들의 온전치 못한 시신을 확인한 한정유의 얼굴은 굳어질 대로 굳어졌고, 반면에 그가 휘두른 칼은 시리도록 차가웠다.

"대단하네. 공포라고 불리던 스켈레톤이 저렇게 무력했나?"

"스켈레톤이 무력한 게 아니라 저 인간이 너무 강한 거야. 넌 저 인간 칼에서 번개 치는 거 보고도 그런 소리가 나와!"

"아우, 소름 끼쳐. 골든헌터들의 능력이 엄청나다더니 직접 보니까 훨씬 더 강하구만."

"어쨌든, 상일아. 다 찍었으면 가자!"

"인터뷰해 볼까?"

"이, 미친놈아. 인터뷰라니……. 너 겨우 찍은 사진 다 날리려고 작정했어?"

"하긴, 그럴 수도 있겠다."

"일단 튀자. 저 인간이 우릴 보면 카메라 뺏을지도 몰라."

한태수가 먼저 슬금슬금 엉덩이를 빼서 건물 뒤쪽으로 움직였다.

하지만 정상일은 움직이지 않고 있다 뭔가를 발견했는지 거리 반대쪽으로 시선을 던지며 한태수를 급히 불렀다.

"야, 잠깐만."

"왜?"

"김가은이 왔다. 저쪽에서 냉염의 미소가 온다니까!"

"정말… 이냐……?"

뒤쪽으로 빠지려던 한태수가 말을 듣자마자 언제 그랬냐는 듯 앞으로 튀어나왔다.

그럼에도 극도로 조심스러운 행동.

그는 눈만 빼꼼 내놓은 채 달려오는 사람의 모습을 확인하다가 점점 눈을 크게 벌렸다.

"아이고, 정말 왔네."

"어디 다쳤나 봐. 몸이 불편해 보이지 않아?"

"일단 찍자. 오늘 운수대통이구만. 학살자에 냉염의 미소까지.
우와, 들어가면 데스크가 난리 나겠다."

냉염의 미소.

김가은의 별칭이다.

그녀는 피닉스 길드가 보유한 히어로 중의 한 명으로서 수많
은 사람들의 사랑을 받고 있는 스타 중의 스타였다.

텔레비전 방송에 자주 출연하는 것은 물론이고, 영화도 몇 편
찍은 데다 노래도 잘하는 만능이었다.

거기에 골든헌터.

각성자들의 끝판왕이라는 골든헌터로서 수많은 괴물을 처치
한 여전사.

그러니, 의외의 장소에서 그녀를 발견한 두 기자의 눈이 왕방
울만 하게 커지는 건 당연했다.

*   *   *

한정유는 마지막 남은 스켈레톤을 해치운 후 칼을 도갑에 넣
었다.

사람들의 시신을 보면서 자신도 모르게 이가 드러날 정도로
화가 났다.

그랬기에 잔인하게 스켈레톤의 육체를 박살 냈다.

이것들.

도대체 뭐야!

그동안 계속 궁금했으나 사는 게 바빴고, 아는 놈들이 없어 궁금증을 참아왔지만 괴물들로 인해 많은 사람들이 죽자 이젠 그럴 수 없다는 생각이 들었다.

길드, 이 새끼들.

정보를 차단해서 던전이 무엇인지, 왜 생겼는지조차 사람들에게 알려주지 않는다.

물론 길드도 던전 생성의 비밀을 모를 수 있다.

그렇지만 사람들을 속이고 있다는 생각은 멈추지 않았다.

괴물 출현의 비밀은 던전 안에 있을 테니, 그동안 던전 안에서 직접 눈으로 확인했다면 그들은 많은 것을 알고 있을 것이다.

몸을 돌려 거리를 벗어나려 했다.

지금쯤 팀원들이 나머지 괴물들과 사투를 벌이고 있을 테니 도와줄 생각이었다.

하지만, 그는 움직이지 못했다.

맞은편에서 김가은이 달려오고 있었기 때문이다.

김가은은 부상을 당했음에도 도시로 내려오자마자 팀원들을 분산시켜 괴물들을 추적하게 만든 후 자신은 스켈레톤이 진행한 방향을 향해 전력을 다해 달렸다.

수없이 보이는 사람들의 시신.

스켈레톤의 강력한 이빨에 당한 사람들의 시신은 제대로 보기 어려울 만큼 참혹했다.

마음이 저절로 급해졌고, 이 모든 상황이 자신의 책임처럼 여겨져 너무나 가슴이 아팠다.

얼마나 달렸을까.

그녀의 걸음이 거짓말처럼 멈추었다.

난도질당한 채 죽어 있는 스켈레톤의 죽음, 그리고 먼 곳에 칼을 든 채 서 있는 남자.

어디선가 본 것 같은 모습.

그리고 떠오른 영상.

그다. 그가 여기에 있었다.

"스켈레톤, 정유 씨가 한 거 맞죠?"

갑자기 나타나 질문하는 김가은을 바라보며 한정유가 의외란 표정을 지었다.

그리고 대답 대신 엉뚱한 말이 그의 입에서 나왔다.

"다쳤군요. 어디 봅시다."

성큼성큼 다가오더니 안색이 창백하게 변한 그녀의 몸을 살폈다.

파이어 링에 당한 그녀의 갑옷은 시꺼멓게 그을려 있었는데 팔과 다리를 보호하고 있던 갑옷이 떨어져 나가 덜렁거리고 있었다.

하지만 한정유의 눈은 그녀의 가슴 쪽으로 향했다.

"팔과 다리는 괜찮은 것 같은데 그쪽이 어떤지 모르겠네. 잠시 봐도 됩니까?"

"어딜요?"

"가슴 쪽, 상당히 심각한 것 같은데요."

손을 내미는 그의 손길에 김가은이 펄쩍 뛰며 뒤로 물러났다.

물론 안 좋다.

파이어 링을 정통으로 가슴에 맞았기 때문에 지금도 기혈이 뒤틀려 있는 상태였다.

그럼에도 미치지 않고서야 남자의 손길에 가슴을 맡길 여자가 누가 있겠는가.

"지금 뭐 하는 거예요!"

"치료해 주려고……."

"당신, 뭐예요!"

"당신 얼굴이 지금 너무 안 좋아요. 빨리 치료하지 않으면 더

악화될 겁니다. 어쨌든 싫다면 할 수 없지. 그럼 난 갑니다."

김가은이 소리를 지르자 한정유가 고개를 갸웃거렸다.
전혀 이해하지 못하겠다는 표정과 행동이었다.
그러더니 불쑥 한마디 한 채 등을 돌리고 걸어 나갔다.

잔뜩 경계하던 김가은이 입을 연 것은 어이가 없었기 때문일
것이다.

"어디 가요?"
"당신 눈에는 괴물들이 도시에 침입한 게 안 보입니까. 지금
우리 팀원들이 싸우고 있는 중이라 가서 도와줘야 해요."
"갈 필요 없어요."
"무슨 소리요?"
"우리 팀이 같이 내려왔어요. 방금 무전이 들어왔는데 대부분
처치했다고 해요. 그러니 갈 필요 없어요."
"그거 다행이네."

때마침 무전이 들어왔다.
무전을 보내온 것은 이철승이었다.

"팀장님, 괴물들은 거의 처치했습니다. 남은 구홀들만 처리하
면 될 것 같습니다."
"다친 사람은?"

"없습니다. 피닉스 길드에서 뒤늦게 합류해서 그쪽에 맡겨놓고 철수할 생각입니다. 그런데 팀장님은 괜찮으십니까?"

"난 괜찮아. 철승아, 애들 데리고 캠프로 와. 나도 곧 갈 테니까."

무전을 끊은 한정유가 지체 없이 또다시 걸음을 옮겨 나갔다.

그러자 옆으로 김가은이 따라붙었다.

"뭐가 그렇게 바빠요?"

"아직 작전이 끝나지 않았으니 캠프를 지켜야죠."

"내 말에 대답하지 않았잖아요. 저기 스켈레톤, 정유 씨가 한 거예요?"

"그럼 여기 나 말고 누가 있습니까?"

"혼자서?"

걸음을 멈추지 않았기 때문에 김가은은 불편한 몸으로 열심히 따라 걸을 수밖에 없었다.

별거 아니라는 표정.

아무리 그녀가 뒤늦게 산을 내려왔어도 지체한 시간은 그리 길지 않았다.

그 짧은 순간 스켈레톤을 추적해서 3마리나 잡은 사람이 별거 아니라는 듯 태연하게 말을 하자 슬그머니 화가 치밀었다.

한정유가 실력이 있다는 건 안다.

시험을 통해 골든헌터급의 능력을 미리 알고 있었지만 그래도 이건 아니지.

상황을 보니 2마리를 먼저 해치운 다음에 남은 1마리를 마저 해치웠는데, 처음과 다르게 마지막에 죽은 스켈레톤은 오체분시가 되어 있었다.

추론은 간단했다.

2마리는 급한 상황에서 단박에 죽인 것이고, 나머지 한 마리는 화가 난 상태에서 잘근잘근 토막 냈다는 뜻이다.

여기서 한정유의 성격이 나타났다.

이 사람은 자신이 화가 나면 철저하게 상대를 때려 부숴 버린다.

따라가다 멈췄다.

아무리 한정유가 대단하다 해도 이 정도는 자신 역시 충분히 할 수 있다.

그의 오만에 자존심이 슬쩍 상했다.

오랜만에 만난 그녀를 아예 쳐다보지도 않는 그의 태도에 실망감도 들었다.

그때, 앞서 나가던 한정유가 불쑥 몸을 돌리더니 입을 열었다.

"가은 씨, 우리 잠깐 이야기 좀 할까요?"

"나는 가봐야 해요."

"그 몸으로 가봐야 도움이 되지 않을 겁니다."

"그래도……."

"기혈이 엉킨 상태에서 간다는 것은 동료들에게 더 큰 위험을 주는 겁니다. 당신을 보호하기 위해 동료가 죽는다면 그것처럼 어리석은 일도 없어요. 내가 알기로 추가 병력이 왔다던데, 아닌가요?"

"맞아요."

"그렇다면 괴물을 처치할 정도의 사람들이 왔을 테니 걱정하지 말고 잠시 시간을 내주십시오. 내가 꼭 물어볼 말이 있습니다."

"음… 알았어요."

김가은의 표정이 풀렸다.

잦아진 한숨이 멈췄고 피 속을 따라 돌던 긴장감과 흥분이 서서히 가라앉았다.

맞는 말이다.

기혈이 엉켜 있어 이 상태로 올라간다면 오히려 동료들을 위험하게 만들 가능성이 컸다.

더군다나, 무전에 의하면 스페셜 마스터가 두 명이나 도착했으니 헬하운드를 처리하는 것은 어려운 일이 아닐 것이다.

그랬기에 그녀는 팀원들을 산으로 돌려보낸 후 한정유를 따라 걸음을 옮겼다.

괴물들의 난입으로 엉망으로 변한 도시를 빠져나와 차를 주차한 곳까지 걸어 나왔다.

불안에 가득 찬 사람들의 시선.
사람들은 핸드폰에 시선을 준 채 계속 올라오는 현장 상황을
보느라 정신이 없었다.

그리고 보면 이 세계는 참 특별하다.
실시간으로 모든 것이 확인된다는 것은 정말 대단한 일이다

등 뒤에서, 그리고 건물 곳곳에서 자신의 싸움을 지켜보던 사
람들은 대부분 핸드폰을 들고 있었는데 동영상을 찍고 있는 게
분명했다.
죽을지도 모르는 상황에서 동영상을 찍는 사람들의 열정은
어디서 나오는 것인지 모르겠다.

그러나 그것도 잠시.
사람들의 시선이 두 사람에게 몰렸다.

원인은 오직 하나.
김가은으로 인해서였다.

사람들은 김가은이 한정유와 함께 자리에 앉자 정신없이 바
라봤는데, 웅성거리는 소리가 워낙 커서 자연스럽게 귀로 들어
왔다.

"김가은이야. 냉염의 미소. 우와, 대박!"

"여기 동영상에 올라왔잖아. 가만, 그러고 보니까 저 사람이 아까 도시에 침입한 스켈레톤을 박살 낸 사람이잖아. 학살자!"

"도대체 어디 길드 소속이지? 그런데 저 사람 복장이 조금 이상하지 않아?"

"그러네. 길드 복장이 아니야."

조금 더 시간이 지나자 사람들이 슬금슬금 몰려들었다.

그들은 도저히 궁금증을 참지 못하겠다는 듯 두 사람을 둘러싼 채 다가왔는데 이러다간 사인이라도 받을 기세였다.

이건 또 뭐야.

"당신 정체가 뭡니까. 냉염의 미소는 뭐요?"

"제 별명인데요."

"이상한 별명도 다 있네."

"나를 두 번이나 봤으면서 전혀 정체를 알지 못한 게 더 이상해요. 정유 씨, 텔레비전이나 영화 같은 거 전혀 안 보죠?"

"응?"

막상 그녀의 질문을 받자 최근에 텔레비전을 본 적이 없다는 게 기억났다.

병원에 있을 땐 몸을 움직일 수 없어 어쩔 수 없이 봤으나 몸을 회복한 후로는 무공을 되찾기 위해 수련을 하느라 볼 시간이 없었다.

인터넷도 마찬가지.

그가 관심을 가진 것은 괴물과 길드, 이 세계의 시스템과 과학기술 같은 것뿐이었다.

한정유가 입맛을 다시자 그녀의 눈에서 작은 웃음이 피어났다.

"그럴 줄 알았어요. 그러니까 날 못 알아보죠. 내가 제법 유명해서 어딜 제대로 다니지 못해요. 사람들은 그런 사람들을 보고 스타라고 부르며 좋아해요. 냉염의 미소란 별명도 사람들이 만들어준 거예요. 내 미소가 차가우면서도 무척 아름답다고."

"자화자찬은 몸에 해롭습니다."

"안 믿으시는군요."

"너무 힘들어 보이는군요."

또 가슴을 빤히 쳐다본다.

김가은의 얼굴이 발갛게 달아오르면서 급히 주위를 둘러봤다.

다행히 구경꾼들은 어느새 사라져 버렸다.

점점 기혈이 끓어올라 상당히 힘든 상태였는데 한정유가 그걸 알아본 모양이었다.

하지만 남자한테 가슴을 맡기기엔 선뜻 내키지 않았다.

빨리 돌아가야 한다.

조용히 운기행공을 해서 치유를 해도 꼬박 하루는 소요될 것이다.

그럼에도 아직 이 남자의 곁을 떠나지 않은 건 할 말이 있기 때문이었다.

"내 몸은 내가 치료할 수 있으니까 신경 쓰지 마세요. 할 말과 들을 말이 있잖아요. 우리 시간 없으니까 그것부터 해결해요. 우욱… 끄윽!"

"그거 보시라니까!"

막을 새가 없었다.

입에서 피가 뿜어져 나오는 순간, 갑자기 한정유의 손이 번개처럼 움직이더니 갑옷을 잡았다.

헬하운드의 공격에 넝마처럼 변해 버린 붉은색 갑옷의 매듭은 거의 찢겨 나가 한정유가 힘을 주자 으드득 뜯겨 나갔다.

차례대로 찍는 수법에 뒤늦게 막으려던 그녀의 손이 멈췄다.

옥당, 중정, 구미혈이 동시에 찍히자 숨이 턱 막혀왔기 때문이다.

"조금만 참아요."

세 군데 혈도는 전부 가슴에 몰려 있는 곳으로 중요한 부위와

근접해 있었는데 한정유는 한 점의 망설임도 없이 추궁과혈을
시행했다.

움찔움찔.

그의 손이 움직일 때마다 김가은의 입술에서 뜨거운 숨결이
새어 나왔고 기혈이 안정되면서 솟구치던 피가 멈췄다.
이럴 수가.
찢어질 것처럼 고통스럽던 가슴이 점점 편해졌지만 그녀의 얼
굴은 홍당무처럼 붉게 달아올랐다.
남자의 손이 움직이면서 조금씩 자신의 중요한 부위를 건드려
온몸의 솜털이 전부 일어서고 있었다.
일부러 그러는 게 아니라는 걸 안다.
그럼에도 손길에서 느껴지는 자극에 수치심과 묘한 기분이 동
시에 느껴졌다.

얼마나 시간이 지났을까.
그토록 빽빽하게 가슴을 괴롭히던 통증이 사라지면서 헝클어
졌던 기혈이 정상으로 돌아왔다.

"된 것 같군요."
"누가 마음대로 만지라고 했어요. 그렇게 막 만지니까 좋아
요?"
"치료 때문에……."

뒤늦게 그녀의 도끼눈을 확인한 한정유가 급히 변명을 하려다
가 말끝을 흐렸다.

그런 후 인상을 살짝 찡그렸다가 폈다.

그의 얼굴에 들어 있는 건 웃음이었다.

"좋았습니다. 어떤 남자가 가은 씨같이 예쁜 사람을 만지면서
안 좋았겠어요."

"이 남자가 정말!"

"이런 건 우리 세계에서는 종종 일어나는 일입니다. 설마, 이
런 걸로 나를 탓하지는 않겠죠?"

천연덕스럽게 말하는 한정유를 향해 자리에서 벌떡 일어났던
김가은이 한숨을 길게 흘려냈다.

무슨 뜻인지 안다.

자신들이 살았던 무림에서는 셀 수 없는 전장에서 수많은 부
상을 입기 때문에 남녀와 상관없이 수시로 상호 치료를 해준다.

그렇지 않으면 목숨을 부지하는 게 어렵기 때문이다.

아무리 그래도 그렇지.

괜히 억울했다. 아직 누구도 만지지 못했던 가슴을 순식간에
뺏겼다는 생각이 들자 허탈해졌다.

하지만, 속마음을 감추고 다시 자리에 앉았다.

"정유 씨를 만나볼 생각이었어요. 그래서 조만간 연락하려고

했는데 이런 곳에서 만났네요."

"나를요?"

"당신이 시험·볼 때 권법을 썼잖아요. 그런데 오늘 보니까 스켈레톤이 칼에 의해 박살이 났네요. 도대체 전공이 뭐예요?"

"두 가지 다. 대신 다수가 덤비면 칼을 주로 쓰죠. 한꺼번에 죽이는 건 칼이 훨씬 유용하니까."

"휴우, 갈수록 알 수 없는 사람이네. 도법과 권법을 동시에 쓰다니⋯⋯."

김가은이 못 믿겠다는 얼굴로 빤히 한정유를 바라봤다.

그럼에도 믿지 않을 수 없다.

증거가 현장에 고스란히 남아 있지 않던가.

더군다나 그가 쓴 도법으로 인해 괴물의 시신에는 화기가 그대로 남아 있었다.

칼에서 화력을 뿜어냈다는 뜻이다.

"우리 길드는 정유 씨가 필요해요. 그때 면접에서 보셨던 서 국장님이 정유 씨를 데려오라고 그랬어요. 정유 씨의 능력을 펼치기에는 태풍OR의 그늘이 너무 작아요. 피닉스 길드로 오세요. 그래서 당신의 능력을 마음껏 펼치세요."

"피닉스 길드는 그늘이 넓습니까?"

"그럼요. 우리 길드는 국내 최고예요."

김가은이 자신 있게 대답했다.

하지만, 한정유는 고개를 천천히 가로저었다.

"가은 씨, 내가 누군지 몰라서 그런 소릴 하는 겁니다."

"당신이 누군데요?"

"이 세계에서는 그런 건 말하지 않는 거라면서요. 하지만 곧 알게 될 겁니다, 내가 누군지. 피닉스 길드 역시 내가 머물 곳이 아닙니다. 나는 더 큰 세상을 원합니다."

"도대체… 무슨 생각을 하고 있는 거죠?"

"대한민국의 정치, 경제, 사회, 언론이 모두 길드의 손아귀에 있다고 하더군요. 군사와 경찰력은 처음부터 길드를 어쩌지 못하는 상황. 그렇다면 여기가 무림하고 다른 게 뭡니까?"

김가은의 눈이 흔들렸다.

그의 입에서 흘러나온 단어. 무림!

예상대로 한정유의 출신은 무림이란 것이 확인되었다. 문제는 그의 정체가 무엇이냔 것이다.

강한 궁금증이 흘러나왔으나 그녀는 한정유의 다음 말을 기다렸다.

이 남자.

아무래도 자신이 생각하는 범위를 초월하는 사람인 것 같다는 생각이 마구 피어올랐다.

"여기가 무림과 다르지 않다면 나는 내 방식대로 움직일 생각입니다. 세력이 필요하면 만들 것이고, 통합과 병탄이 필요하면 그 역시 내가 원하는 대로 할 거요."

"여긴 무림이 아니에요. 힘으로 무엇이든 할 수 있다는 건 착각이에요. 그리고, 당신 정도의 힘으로는 아무것도 할 수 없어요. 스켈레톤 몇 마리 잡은 걸로 너무 자신의 능력을 과신하는 거 아니에요?"

"나는 내 능력을 잘 아는 사람입니다. 그래서 언제나 야망을 가지고 살아왔죠. 예나 지금이나."

"후우……."

"내가 대충 조사해 보니까 길드들도 한참 힘겨루기가 진행되더군요. 아마, 출신 성분에 따라 가는 길이 다르기 때문에 생긴 거겠죠?"

"그걸 어떻게……."

"조만간 변화가 있겠더군요. 물론 무림처럼 대놓고 전쟁을 벌이지는 않겠지만 힘을 가진 자들은 항상 자신이 최고가 되기를 원하니까, 결국 어떤 식으로든 일을 벌일 겁니다. 나는… 그런 욕망과 야망의 세계가 좋습니다. 내 체질과 딱 맞으니까."

"당신, 정말 제어가 안 되는 사람이군요."

"문제는……."

한정유가 김가은의 입을 막았다.

그런 후 빠히 그녀를 쏘아보며 말을 이어나갔다.

"인간들끼리의 싸움은 언제 어떻게 벌어져도 상관없는데 괴물들은 아니죠. 한 가지 묻겠습니다."

"뭐죠?"

"괴물들, 어디서 온 겁니까?"

"던전에서 왔다는 거 알잖아요. 새삼스럽게 그걸 왜 물어요."

"몰라서 반문하는 건 아닐 테고. 물론 던전 안에서 튀어나왔지. 그럼 던전 안에는?"

한정유의 질문에 김가은의 말문이 턱 막혔다.

그녀 역시 그가 가지고 있던 의문을 계속 가져왔기 때문이다.

그럼에도 팀원들을 이끌고 던전에서 튀어나온 괴물과 싸우느라 한 번도 던전 안으로 들어가지 못했다.

그러나 던전 안으로 들어간 사람들이 있다는 건 안다.

바로 서무원을 비롯한 스페셜 마스터들이었다.

하지만, 그들은 던전 안에 들어갔다 온 이후 굳게 입을 다문 채 침묵을 지켰기 때문에 던전 안에 뭐가 있는지 그녀 역시 알지 못했다.

"솔직히 그건 나도 몰라요. 그곳에 들어갔던 사람은 극소수에 불과해요. 하지만 그 사람들은 길드원들에게 절대 던전에 들어가지 말라는 말만 하고 아무것도 가르쳐 주지 않았어요."

"그렇다면 비밀로 지켜야 할 뭔가가 있다는 뜻이군요?"

"아마도……."

"재밌네. 점점 궁금증이 커지는군요. 가은 씨, 당신도 궁금한 표정이네요. 우리 심심한데 그거나 알아볼까요?"

『마제의 신화』 2권에 계속…

초대형 24시 만화방

신간 100%, 샤워실, 흡연실, 수면실(침대석), 커플석, 세탁기 완비

■ 광명 광명사거리역점 ■

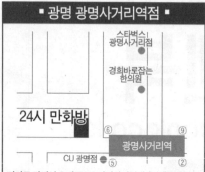

경기도 광명시 오리로 986 광명사거리역 6번 출구 앞 5층
02) 2625-9940 (솔목타워 5층)

■ 강북 노원역점 ■

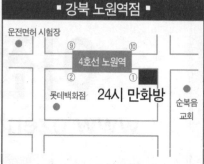

서울 노원구 상계동 340-6 노원역 1번 출구 앞 3층
02) 951-8324 (화용빌딩 3층)

■ 일산 정발산역점 ■

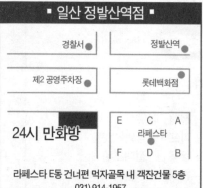

라페스타 E동 건너편 먹자골목 내 객잔건물 5층
031) 914-1957

■ 일산 화정역점 ■

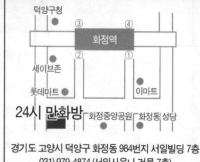

경기도 고양시 덕양구 화정동 984번지 서일빌딩 7층
031) 979-4874 (서일사우나 건물 7층)

■ 부천 역곡역점 ■

역곡남부역 기업은행 건물 3층
032) 665-5525

■ 부평역점 ■

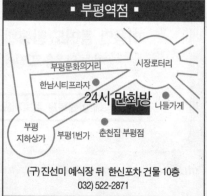

(구) 진선미 예식장 뒤 한신포차 건물 10층
032) 522-2871

검선마도

조돈형 무협 판타지 소설

매화가 춤을 추고 벽력이 뒤따른다!

분심공으로 생각과 행동을
둘로 나눌 수 있게 된 풍월.

한 손엔 화산파의 검이, 다른 한 손엔 철산도문의 도가.
그를 통해 두 개의 무공이 완벽하게 하나가 된다.

검과 도, 정도와 마도!
무결점의 합공이 시작된다.